KB272473

유꽃 이야기

유방암 환자의 마음에게 건네는 다정한 위로

유꽃 이야기

심민정 지음 • 이수진 그림

이 책은 유방암과 치열하게 분투하는 환자들과 그들의 여정을 이해하고자 하는 모든 이들을 위한 이야기입니다. 최근 몇 년 사이 우리나라에서 유방암 환자의 수가 크게 증가하고 있습니다. 이는 많은 이들에게 경각심을 불러일으키고 있지만, 정작 유방암 환자들의 목소리를 담아낸 책이나 자료는 여전히 부족합니다. 특히 우리나라 유방암 환자들에게만 나타나는 고유한 심리적, 정서적 특성들이 있음에도 불구하고, 대부분의 정보가 해외 사례나 일반적인 자료에 치중되어 있는 현실은 아쉬움을 남깁니다.

저는 유방암 환자들을 직접 만나 그들의 이야기를 들으며 많은 것을 알 수 있었습니다. 유방암은 단순히 신체적 고통을 넘어서는 다층적이고 깊이 있는 경험을 수반하고 있다는 점입니다. 사람들은 유방암을 그저 다른 암과 다르지 않은 두렵고 힘든 병으로만 여길 수 있지만, 실제로 유방암 환자들은 신체적 투병을 넘어 심리적, 영적 여정을 동반합니다. 특히 유방암 치료 과정에서 환자들은 가슴 상실이라는 신체적 변화와 마주하게 되며, 단순히 암과 싸우는 것 이상으로 자신이 누구인지, 여성으로서의 정체성을 어떻게 받아들여야 하는지에 대한 끊이지 않는 새로운 질문과 마주하게 됩니다. 이처럼 유방암과의 싸움은 몸을 치유하는 것에서 끝나지 않고, 삶의 의미를 재정립하는 복잡한 여정입니다.

하지만 이러한 그들의 이야기가 세상에 충분히 전달되지 못하고 있다는 사실은 안타까운 일이 아닐 수 없습니다.

제가 만난 환자 중에는 '외상 후 스드레스 장애(PTSD)'와 견줄 만큼 깊은 심리적 고통을 겪는 이들이 많았습니다. 유방암은 그들에게 있어 큰 충격이었고, 매일 그들의 내면을 흔들고 있었습니다. 반면, 이러한 고통을 딛고 일어나 삶에 대한 태도가 한층 성숙해진 이들도 있었습니다. 이들은 '외상 후 성장(PTG)'이라는 표현이 어울릴 정도로 유방암을 통해 이전보다 더 깊고 넓은 시야로 세상을 바라보게 되었습니다.

그 외 외상 후 스트레스 장애에서 외상 후 성장으로 나아가는 다양한 과정을 겪고 있는 환자들도 있었습니다. 그들에게는 아직 고통의 한가운데 있지만 조금씩 자신의 체험을 긍정적으로 전환하려는 노력이 나타났습니다.

저는 이처럼 다양한 경험을 하는 환자들에 대한 심층적인 이해와 그들의 성장을 돕기 위한 접근법이 절실하다고 생각합니다.

이 책은 유방암 환자들이 겪는 다양한 심리적 특성들을 다섯 가지 유형으로 나누어 설명하고 있습니다. 각 유형은 그들의 대표적 심리를 파랑, 보라, 빨강, 노랑, 하양으로 구분되며, 각기 다른 투병 경험을 반영합니다. 파랑은 절망과 고통 속에 있는 환자들, 보라는 여성성 상실과 정체성 혼란을 겪는 환자들, 빨강은 양가적인 감정으로 혼란스러워하는 환자들, 노랑은 이제 자신을 돌보기 시작한 환자들, 하양은 유방암을 통해 새로운 성장을 이루는 환자들을 상징합니다.

이와 관련하여 각 유형에 맞는 개입 방법인 '톡톡'은 환자들이 일상 속에서 심리적 안정을 회복하고 유지하며, 나아가 성장으로 나아가는 데 실질적인 도움이 되는 도구가 될 것입니다.

이 책은 유방암 환자들이 쉽게 드러내지 못했던 내면의 경험과 이야기를 담아내고 있으며, 이를 통해 자신의 삶을 새롭게 이해하고 성장의 방향을 발견할 수 있도록 돕고자 합니다.

독자들이 이 책을 통해 자신의 경험을 이해받고 공감받는 과정을 지나, 적절한 개입을 바탕으로 스스로의 성장을 이끌어낼 수 있기를 바랍니다.

지금 이 순간에도 치열하게 삶을 살아가고 있는 유방암 환자늘에게, 이 책이 작은 등불이 되어 따뜻한 위로와 함께 앞으로 나아갈 힘이 되기를 진심으로 기원합니다.

차 례

다섯, 하양 유꽃 이야기

❀ 하나, 파랑 유꽃 이야기

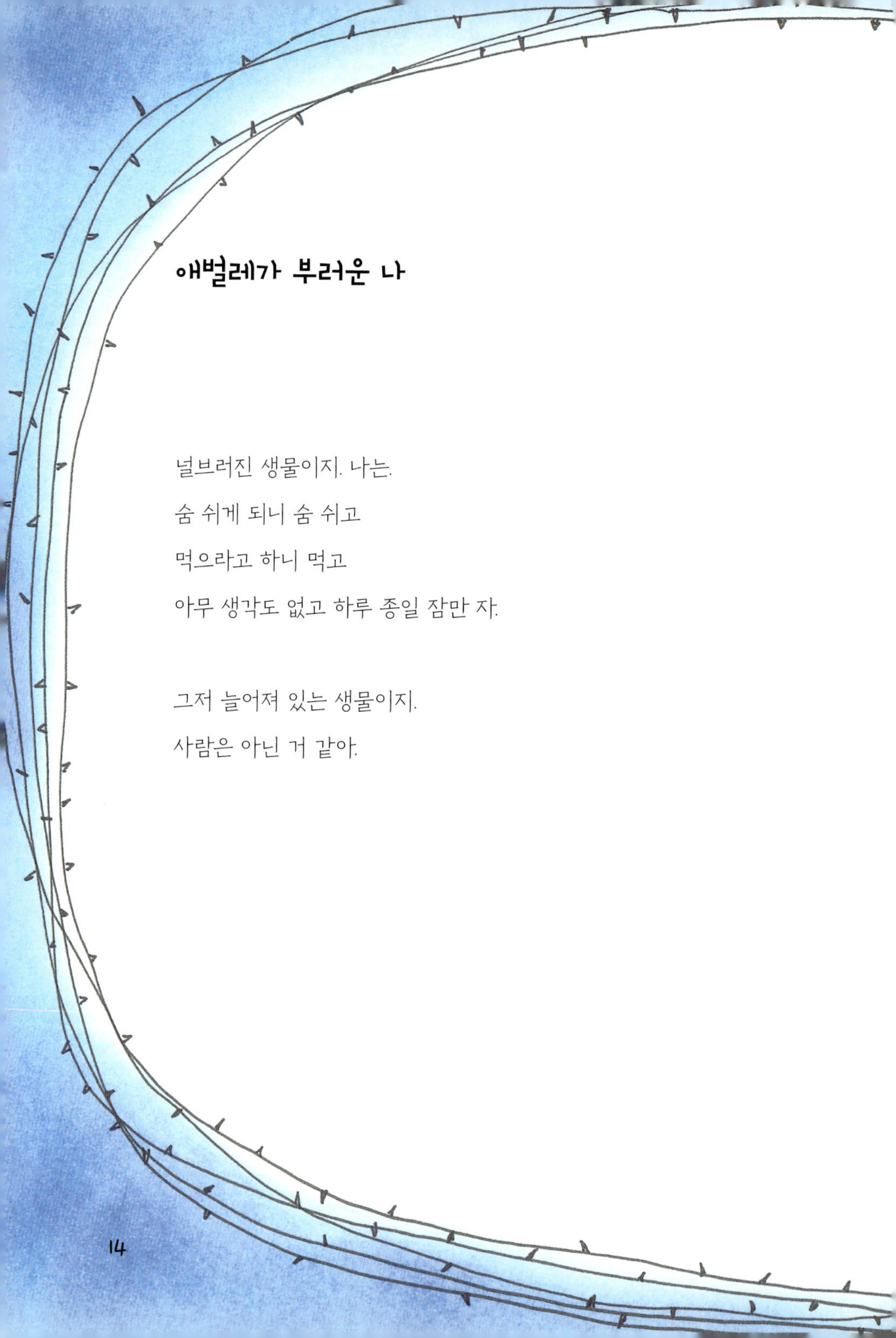

애벌레가 부러운 나

널브러진 생물이지. 나는.
숨 쉬게 되니 숨 쉬고
먹으라고 하니 먹고
아무 생각도 없고 하루 종일 잠만 자.

그저 늘어져 있는 생물이지.
사람은 아닌 거 같아.

항암치료를 받고 온 어느 날
무거운 몸을 일으켜 주섬주섬 옷을 차려입고 공원으로 나갔습니다.
아무도 없는 벤치에 자리를 잡고 멍하니 앉아 있는데,
발밑을 꿈틀거리며 기어가는 애벌레가 눈에 들어왔습니다.

'애벌레가 저리 힘차게 꿈틀거렸었나?' 속으로 중얼거리며
애벌레를 찬찬히 바라봅니다.
무기력하게 널브러져 아무것도 할 수 없는 나와 달리,
애벌레는 꾸불거리며 힘차게 나아갑니다.

'나도 너처럼 꿈틀거리기라도 하면 좋겠어.'
작은 애벌레가 부럽다는 생각이 든 순간,
내 속이 텅 빈 것처럼 느껴졌습니다.

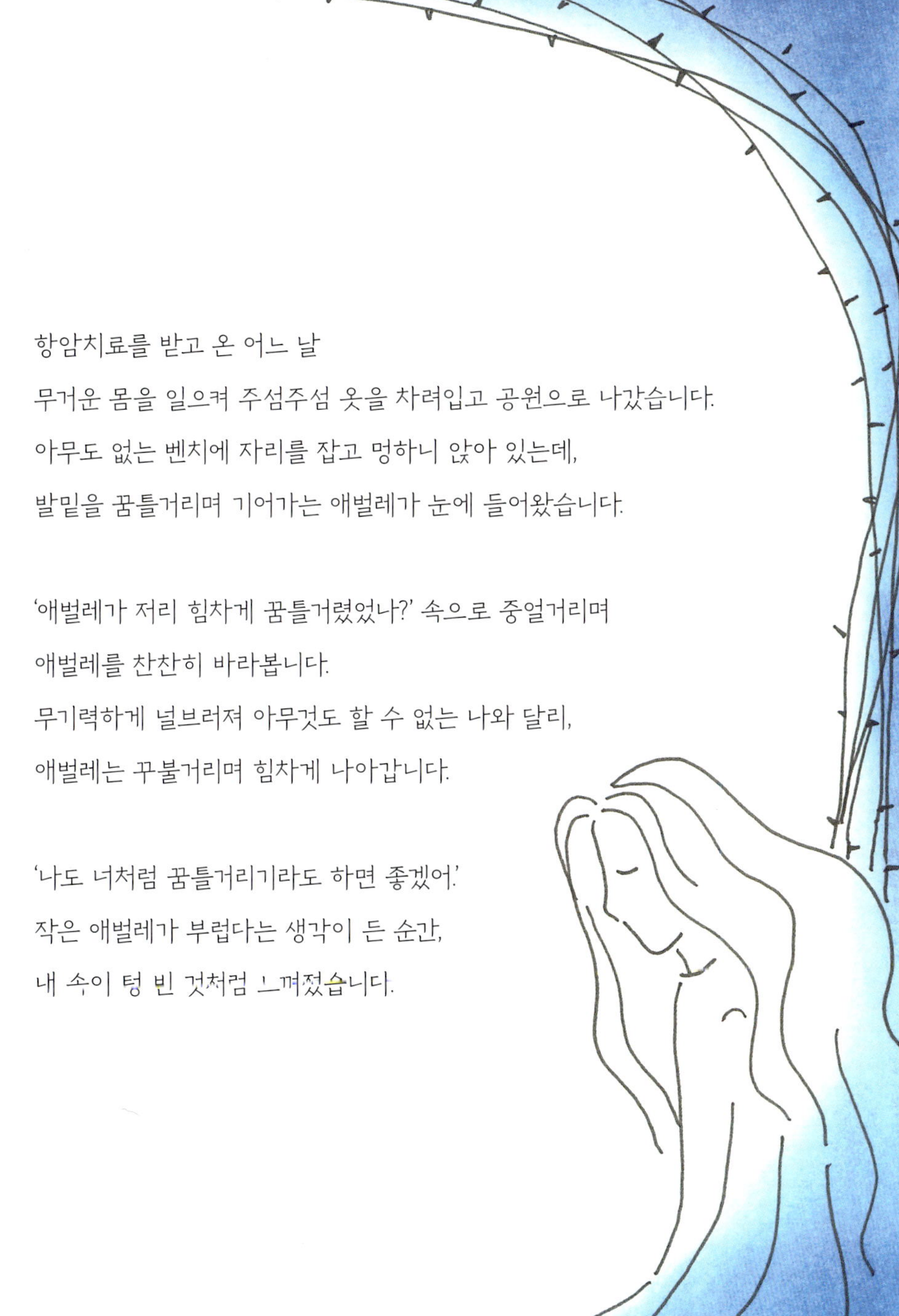

죽음의 무게를 짊어지고 사는 일상

마치 죽음을 등에 짊어지고 사는 것 같아.
어찌해도 그 무게에서 벗어날 수 없어.

어떤 상황에 있든지
예전처럼 걸림 없이 가벼운 마음이 되지는 않아.
내가 유방암 환자라는 생각에 짓눌리나 봐.
언제 어떻게 될지 모르니까.

죽음의 무게를 짊어지고 사는 일상

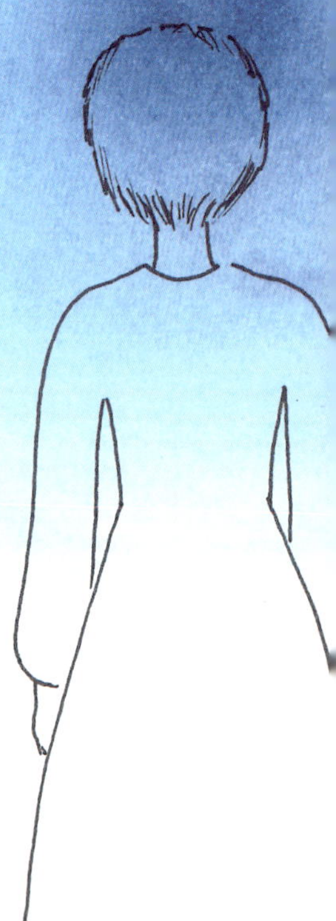

회식이 끝난 후,

차 한 잔으로 마무리하며 동료들과 유쾌한 시간을 보내지만,

마음 한켠은 여전히 무겁게 느껴집니다.

마음 한쪽이 둔하게 묶여 있는 듯한 기분은 떨쳐낼 수가 없습니다.

웃고 떠들며 일상에서 최선을 다하지만,

내 마음 한쪽을 짓누르는 이 둔탁함은 늘 나를 따라다닙니다.

닻을 내린 배가 아닌 닻에 걸린 배처럼,

나는 언제나 그 무거운 마음에 발이 묶여 있는 듯한 기분이 듭니다.

아무리 노력해도 그 무게에서 벗어날 수 없는 것 같습니다.

이 무거운 감정에 눌려 자유로운 나는 이제 없습니다.

더 이상 가볍고 쾌청한 마음의 머무름은 영영 잃어버린 것 같습니다.

불분명한 정보가 주는 공포

유튜브에서 찾아보니
엄청나게 무서운 영상이 많아.

전이 되면 정말 끔찍하더라고
뼈로 전이가 되면 그 통증이 어마어마한 거야.
잘 먹지도 못하고 움직이지도 못해.

살아도 죽는 것보다 더 큰 고통을 겪어야 해.

상상만으로도 끔찍해.

불분명한 정보가 주는 공포

무분별한 정보가 넘쳐나는 세상에서
나는 일상의 많은 시간을
이런, 저런 인터넷 사이트를 쫓아다니며
유방암에 대한 정보를 찾아보곤 합니다.

하지만 얄팍한 정보를 접할 때마다,
상상만으로도 두려움이 몰려와 가슴을 쓸어내리곤 합니다.

인터넷에서 검증되지 않은 정보들로 인해
미리 고통받고 짐짓 죽어가는 듯한 기분이 들기도 합니다.

'아는 게 힘'이라지만
'차라리 모르는 게 약'이라는 말에 힘을 얻습니다.

닥치면 닥치는 대로 겪어내려 합니다.
미리 알기도 싫습니다.
미리 아는 것은 곧 미리 당겨 아픈 것과 같아
그 자체가 두렵습니다.

품위 있게 죽는 것이 나을 수도 있어

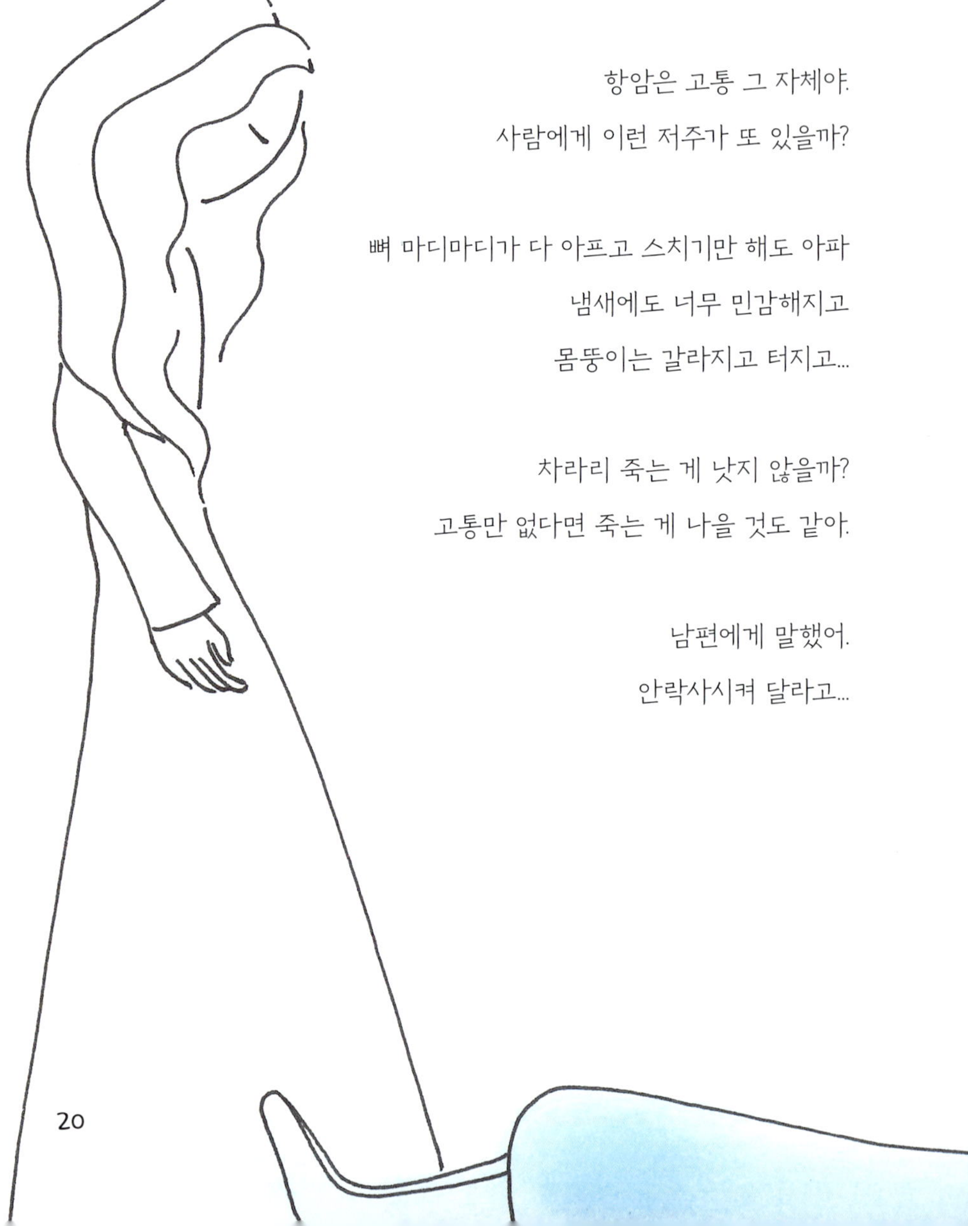

항암은 고통 그 자체야.
사람에게 이런 저주가 또 있을까?

뼈 마디마디가 다 아프고 스치기만 해도 아파
냄새에도 너무 민감해지고
몸뚱이는 갈라지고 터지고...

차라리 죽는 게 낫지 않을까?
고통만 없다면 죽는 게 나을 것도 같아.

남편에게 말했어.
안락사시켜 달라고...

어느 유명인의 안락사 선택에 대한 논란이 인터넷 기사에 떠올랐습니다.

그 기사를 읽으며 나도 안락사에 대해 깊이 생각하게 되었습니다.

아름다운 죽음을 맞을 수 있는 권리에 대해서 말이죠.

생명의 존귀함도 알고 있고, 죽음이 두렵기도 하지만,

이렇게 고통 속에 일그러져 살아가야 한다면

차라리 품위있게 죽는 것이 낫지 않을까? 라는 생각에 머무르기도 해요.

항암의 고통은 너무 잔인해서 살고자 안간힘을 쓰고 있는

우리의 희망을 꺾고 함몰시켜 버립니다.

고통에 지친 마음이 삶의 끝자락에서 더 이상 희망을 찾기 힘들 때

나는 품위 있는 죽음을 간절히 바라게 될 것 같습니다.

삶의 노력에도 불구하고

더 이상 내가 무얼 어쩌란 말인지 모르겠어.

나는 정말 모르겠어.

나는 정말 최선을 다해 살아왔어.

몸에 좋다는 음식, 몸에 좋다는 운동 안 한 게 없어.

누구보다 철저하게 관리한 나란 말이야.

그런 내가 유방암이래.

어떻게 나한테 이럴 수 있지?

더 이상 내 몸을 위해 할 수 있는 게 뭐지?

지금까지 해온 거 이상으로 할 수 있는 게 뭐가 남은 거지?

삶의 노력에도 불구하고

맥 놓고 누워 있다가 문득, 유방암은 교통사고일 뿐이라고 말한
어느 의사의 인터뷰 내용이 떠올라 벌떡 일어나 앉았습니다.

부지불식간 찾아온 유방암은
그동안 쏟아부은 나의 노력과 정성을 무색하게 만들어 버렸습니다.
정확한 원인도 알 수 없는 그저 그런 보편적인 원인의 무더기로
추정되는 유방암은 지금까지 살아온 내 삶의 모든 노력이
아무 소용 없음을 깨닫게 했습니다.

너무 억울하고 답답합니다.

'피할 수 없는 그저 교통사고였다'라고 생각하라니…

교통사고였다고요?

그래요. 교통사고였습니다.
내가 할 수 있었던 모든 것을 해왔는데도,
결국엔 피할 수 없었으니 말입니다.

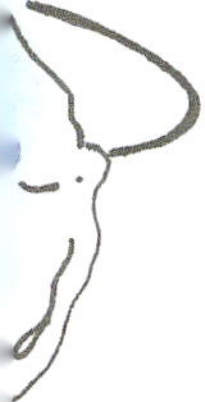

반복되는 6개월의 시한부

우리는 6개월의 시한부 삶을 사는 사람인 거야.

정기 검사를 갈 때마다

마음이 오그라들고 초조해지는 것은 어쩔 수 없어.

아직 괜찮다는 의사 말에

가슴을 쓸어내리며 다행이다 싶다가

병원 문을 나서는 순간부터

다음 병원 올 때까지 괜찮을지를 걱정해.

6개월 시한부 삶이 몇 번이나 가능할까?

반복되는 6개월의 시한부

병원 대기실 차가운 의자에 앉아 길고 무거운 시간을 견뎌냅니다.
시선은 진료실 문을 바라보고 있지만
마음속은 온통 검진 결과에 매달려 있습니다.

시간이 지나면서 좀 나아질 만도 한데
검사를 받고 결과를 기다리는 그 시간 동안의
조바심과 초조함은 여전합니다.

"괜찮다"라는 의사의 말에 잠시 안도하지만,
병원 문을 나서는 순간부터 다시 두려움이 밀려옵니다.

마치 해가 지면 서서히 내리기 시작하는 어둠처럼
그 두려움은 내 마음에 천천히 스며듭니다.

이 6개월의 시한부 같은 삶을
나는 몇 번이나 더 견뎌낼 수 있을까요?

작은 고통, 그리고 큰 불안

가슴이 좀 아프더라고
좀 당긴다는 느낌이었거든.

작은 통증이었는데 갑자기 간담이 서늘해지더라고.
그래서 만사를 제쳐두고 병원으로 달려갔어.

별일이 아니었는데

이 서늘하고 지루한 전쟁이 언제나 끝날까?

근육통이라는 진단과 함께 근육 이완제를 처방받고
나는 약국으로 들어가며 한숨을 크게 내쉬었습니다.
부끄럽기도 하고 짜증도 나면서 한편으로는 안심이 되는
복잡한 마음입니다.

'자라보고 놀란 가슴 솥뚜껑 보고 놀란다'라는 말이
딱 맞는 그런 날입니다.
요즘은 별스럽지 않은 통증이나 신호에도
유난스레 긴장하여 병원 문을 두드리곤 합니다.
작은 통증에도 불안한 마음이 먼저 반응하는 내가
답답하게 느껴지기도 합니다.

'전이'나 '재발'이라는 단어만 보아도
불편한 마음이 들어 시선을 돌리게 됩니다.

저도 이런 제가 싫습니다만,
마음이 생각처럼 그리 쉽게 따라주지 않습니다.

홀로 싸우는 처절한 전쟁

봐봐

이 병은 자기가 자기를 죽이는 병이잖아.
참, 처절하지.
살고자 하는 게 본능인데 그걸 거슬러 자신을 죽이려는 거잖아.

그러니까 살아 있는 날 죽이려고
엄청나게 큰 고통을 주어야 하는 거야.

마약 같은 진통제 없으면 절대 못 버텨.
죽기 위해 걸린 병이라는
이런 무서움을 아무도 몰라.

그런데 듣고 있기는 하는 거야?

아무리 무섭다고 두렵다고 말해도,
그들은 건성으로 정말 강 건너 불구경하듯
지나가는 그저 그런 이야기로 듣는 것처럼 보입니다.

나의 고통과 두려움이 그들에게는 그저 먼 이야기처럼 들리는 걸까요?
친구라면서, 가족이라면서 어째서 이렇게 무심할 수 있는 걸까요?

서운하고 괘씸한 마음이 듭니다.
내가 이렇게 처절하게 말하는데도,
그들은 이제 나와 같은 세상에 살고 있는 것 같지 않습니다.

세상에 정말 나 혼자인가요?
이 끔찍한 현실 속에서
아무도 나를 진정으로 이해하지 못하는 것 같아
깊은 외로움이 밀려옵니다.

부담스러운 짐이 되어 버린 나

어쩌면 다들 그렇게 이기적일 수 있는 거지?
남편도 자식도 가족도 다 필요 없어.
너무 서럽고 배신감까지 들어.

어떻게 나한테 이럴 수 있는 거야?

얼마나 지났다고.
몇 번이나 나를 품어줬다고.

서럽다 못해 가슴이 저려.

시어머님 생일 문제로 잠시 언쟁이 있던 저녁
남편은 뜬금없이 내게 "너무 부담스러워"라며 소리를 질렀습니다.

내가 부담스럽다고요?
아픈 내가 부담스럽다는 말인가요?

서운함을 넘어 가슴 깊이 한탄이 올라왔습니다.
어떻게 아픈 사람에게 부담스럽다고 할 수 있을까요?
내가 아픈 사람이라고 유세를 떨지 않았더라도
당신이 나를 아무 일도 없는 사람처럼 대하는 것은 아니었습니다.

아픈 내가 이제는 짐이 되어버렸다는 걸 깨달았습니다.
벌써 귀찮아졌다는 것이겠지요.
어이없고도 서글펐습니다.

그날 밤은 참 길었습니다.
마음이 무겁게 내려앉은 채,
나는 한숨과 함께 긴 밤을 홀로 견뎌야 했습니다.

오롯이 나의 책임이구나

병원에서는 해 주는 게 아무것도 없잖아.
병원은 병이 나으라고 다니는 게 아니고
전이나 재발이 있는지만 확인하려고 가는 거잖아.

뭐가 이래?
누군가 도와줄 수 있어야 하지 않아?
병원에서 뭔가 해줘야 하는 것 아니야?

다른 치료도 안 된다, 이건 하지 말고 저건 먹지 말아라 하면서
하지 말라는 건 너무 많은데
그렇다고 병원에서 해 주는 것은 아무것도 없어.

아, 너무 답답하고 짜증 나.

오롯이 나의 책임이구나

문을 열고 들어가니,

친구가 생글거리며 다가와 선물을 건네주었습니다.

기쁜 마음에 상자를 열어보니 안에는 홍삼이 들어 있었습니다.

아, 내가 홍삼도 먹지 못한다는 사실을 잠시 잊은 모양입니다.

내가 멋쩍어하자 잠시 침묵이 흐르고,

당황해 어찌할 줄 몰라 하는 친구의 얼굴을 보니,

나도 모르게 웃음이 터져 나왔습니다.

결국 우리 두 사람은 씁쓸하게 너털웃음을 지어버리고 말았습니다.

홍삼 상자를 보니,

유방암 환자로서 조심해야 할 것들이 참 많다는 생각이 들었습니다.

유방암은 5년 후 완치를 기대할 수 있는 다른 암들과는 달리,

10년이 지나야 완치 판정을 받을 수 있고

그마저도 이후에 재발하는 경우가 흔합니다.

그 긴 시간 동안 우리는 식단은 물론, 영양제까지도 조심해야 하죠.

그런데 병원에서는 특별한 조치를 해 주기보다는

그저 경과를 지켜볼 뿐입니다.

결국, 스스로 관리하는 것 외엔 방법이 없죠.

홍삼이라니요.

우리는 영양제조차도 조심해야 하는 상황인데 말이죠.

미안해. 내가 무너질까 봐 무서웠어

아는 언니가 유방암이었는데 뼈랑 폐에 전이가 된 거야.

그 언니 지난번에는 자궁이랑 다, 싹 들어냈는데 말이야.

병원에서 한 2년 남았다고 이야기했대.

그래서 이제 다시는 그 언니랑 전화하지 않으려고.

너무 무서워서.

지난주 후배가 급작스럽게 유방암 3기 판정을 받고 수술하더니
어제는 친한 언니가 시한부 판정을 받았습니다.

다른 사람의 병증 악화로 인해
내가 두려워 숨을 죽일 때가 있습니다.

걱정되고 염려되는 마음은 크지만, 그들의 깊어지는 병세에
나는 고개를 돌리고 맙니다.
당신이 무너지는 모습을 보는 게 너무 무섭고,
나도 함께 무너질까, 두려운 마음이 큽니다.

나까지 무너질까 봐.

미안해요. 정말 미안합니다.
아직도 내가 당신의 아픔까지 담기에는 내가 너무 약한가 봅니다.

가족들과 함께 오래 있고 싶어

우리 아이들이 커가는 모습을 봐줘야 할 텐데.
그게 가장 큰 걱정이지.
사춘기는 어떻게 넘길지 모르겠어.

아들 군대도 보내야 하고
딸내미 시집갈 때 봐주기도 해야 할 텐데 말이야.

그것만 생각하면 너무 가슴이 아파.
가족들과 함께 오래 있었으면 좋겠어.

햇살 가득한 오후,
학교에서 돌아온 아들이 "엄마~" 하고 들어오는 모습에
반갑고 행복한 마음이 들면서도 가슴 저린 슬픔이 나를 흔들었습니다.
오전 병원 진료에서 받은 시한부 판정은 투병을 하면서 마지막까지
놓지 않았던 희망의 끈을 놓아버리게 했거든요.

울음 끝에 퉁퉁 부은 눈으로 내 품에서 방글거리며 웃는 아들을 바라보니
말할 수 없는 착잡함이 올라와, 힘들어 이내 바들거리며 눈물을 참아내야
만 했지요.
곁에 있던 동생은 등을 보이고 주방으로 들어가 버렸습니다.

아직은 학교에서 돌아오지 않은 딸아이에게는 어떤 모습으로 만나야 할지,
어떻게 말해야 할지 잘 모르겠더라구요.

아직은 어리기만 한 아이들인데 내가 없으면 이 아이들은 어쩌려는지요.
내가 없는 세상에서 우리 아이들이 잘 자랄 수 있을까요?

이제는
이별의 그림자 앞에 아이들을 끝까지 지켜주지 못한다는 안타까움을 안고,
남은 시간 동안 아이들에게 무엇을 남겨줄 수 있을지를 고민해야 할 것 같
습니다.

파랑 유형의 환우들은 외상 후 스트레스 장애(Post-Traumatic Stress Disorder, PTSD)에 비견될 만한 상당한 불안과 심리적 어려움을 경험하고 있습니다.

그들은 불안과 두려움이 극도로 고조되어 있는 상태에서 살아가고 있으며, 이는 신체적, 정신적 건강에 심각한 영향을 미칠 수 있습니다. 이들은 자주 긴장된 상태로 일상을 보내며, 일상적인 상황에서도 예측 불가능한 두려움을 느끼기 때문에 삶의 질이 크게 저하됩니다.

작은 자극에도 과도하게 반응하는 경향이 있어 신체 반응 또한 불안정한 양상으로 빈번하게 표출되며, 이는 심각한 피로와 만성 스트레스 상태로 이어질 수 있습니다. 이러한 지속적인 긴장 상태는 자신뿐만 아니라 주변 사람들에게도 영향을 미칠 수 있습니다.

이 유형의 환우들이 회복하려면 지금 이 순간에 집중하는 태도가 중요합니다. 불안과 두려움이 과도하게 커질 때 위험의 실제와 안전을 명확히 인식하는 훈련이 필요합니다.

이에 유꽃 톡톡은 3가지 방법을 제시합니다.

첫 번째:

5-4-3-2-1 기법

두 번째:

양팔 호흡

세 번째:

셀프 질문

‘5-4-3-2-1 기법’은 트라우마 안정화 작업에서 자주 사용되는 기법의 하나로, 현재 순간에 주의를 집중하게 하여 불안감을 줄이고 심리적 안정감을 증진 시키는 데 도움을 줍니다.

이 기법은 주로 불안이 높을 때 사용할 수 있으며 다음과 같은 5(시각), 4(청각), 3(촉각), 2(후각), 1(미각)의 단계로 이루어집니다.

[5-4-3-2-1 기법] 방법

① 5가지 보이는 것

주변에서 눈에 보이는 5가지 물건을 찾아봅니다. 천천히 주위를 둘러보면서, 그 물건들의 색깔, 모양, 크기 등을 세부적으로 관찰합니다.

② 4가지 들리는 소리

현재 들리는 소리 4가지에 집중합니다. 주변에서 들리는 소리가 어떤 소리인지 구분하고, 그 소리가 어디서 나는지, 어떤 특징이 있는지 알아봅니다.

③ 3가지 느껴지는 촉감

지금 내 몸에서 느껴지는 3가지 촉감을 인식합니다. 옷감이 피부에 닿는 감촉, 손에 쥐고 있는 물건의 질감 등을 찬찬히 느껴봅니다.

④ **2가지 냄새**

주변에서 맡을 수 있는 2가지 냄새에 집중합니다. 만약 당장 느껴지는 향이 없다면, 평소 좋아하던 꽃향기나 그리운 음식의 냄새를 가만히 떠올려 보는 것만으로도 충분합니다.

⑤ **1가지 맛**

입안에서 느껴지는 1가지 맛에 집중해 봅니다. 현재 먹고 있는 음식이 있다면 그 맛을 천천히 음미해 보거나, 최근에 먹었던 음식의 맛을 생생하게 떠올려 보아도 좋습니다.

(상황 예시) **집에 혼자 있는 상황**

혼자 집에 있는데 갑자기 불안감이 몰려옵니다. 급작스럽게 두려움이 높아지고 심장이 두근거리며, 머릿속이 혼란스러워집니다. 이때 '스톱'이라 외치고 현재 느끼는 감정에서 눈에 보이는 주변 사물로 주의를 옮겨봅니다.

① **5가지 보이는 것**

주변을 천천히 둘러봅니다.

소파: 부드러운 베이지색 소파가 눈에 들어옵니다.

빛에 따라 미묘하게 변하는 색감과 표면의 결을 찬찬히 눈으로 따라갑니다.

거실 테이블 위 리모컨: 테이블 위에 있는 리모컨을 봅니다.

리모컨의 색깔과 형태를 주의 깊게 살펴봅니다.

창문 밖 풍경: 창밖을 바라보며 구름의 모양을 살펴봅니다.

천천히 흘러가는 구름의 움직임에 집중합니다.

커튼: 거실의 커튼을 관찰해 봅니다.

커튼의 색상과 주름 잡힌 모습 그리고 움직임을 살펴봅니다.

장식장 위에 놓인 인형: 장식장 위의 인형을 관찰해 봅니다.

무심히 넘겼었던 인형의 얼굴과 형태, 색상을 살펴봅니다.

그 외 스탠드 불빛, 모니터 색상, 의자 모양 등

② 4가지 들리는 소리

이제 소리에 집중해 봅니다.

창밖에서 들리는 사람들 소리: 창문 밖에서 들려오는 사람들의 소리에 주의를 집중해 봅니다.

공기 청정기 또는 선풍기 소리: 공기 청정기나 선풍기가 돌아가는 소리를 관찰해 봅니다.

새 소리: 밖에서 들리는 새 소리에 집중해 봅니다.

바람 소리: 창문 사이로 들어오는 바람이 창틀에 부딪히는 소리를 들어 봅니다.

그 외 빗소리, 자동차 소리, 세탁기 소리 등

③ 3가지 느껴지는 촉감

지금 느껴지는 촉감에 집중해 봅니다.

옷의 감촉: 지금 몸에 닿는 옷의 촉감을 느껴보세요. 천이 피부에 닿는 느

낌을 인식해 봅니다.

의자에 앉아 있는 감각: 지금 앉아 있는 의자의 좌석이 몸에 어떻게 닿아 있는지 느껴봅니다.

손에 닿는 물건: 손을 뻗어 주위 물건을 잡아봅니다.

그리고 그 물건의 표면 감촉을 느껴봅니다.

그 외 책, 볼펜, 수저, 방석 등

④ 2가지 냄새

주변에서 느껴지는 냄새에 집중해 봅니다.

집 안의 공기 냄새: 현재 집 안의 공기 중에 어떤 냄새가 있는지 찾아봅니다. 그리고 창을 열어 바깥 공기를 들이마셔 냄새를 맡아봅니다.

음식 냄새: 집에서 나는 미세한 냄새를 맡아보세요. 아침 식사 준비할 때 먹었던 음식 냄새나 커피 혹은 차 냄새도 좋습니다.

냄새가 나지 않을 때 기억 속에 있는 특정한 냄새를 떠올려 봅니다.

좋아하는 향수의 냄새 등을 상상해 볼 수도 있습니다.

그 외 꽃, 식물, 옷에 남겨져 있는 섬유유연제 등

⑤ 1가지 맛

마지막으로 입안에서 느껴지는 맛에 집중해 봅니다.

입안의 잔여 맛: 최근에 먹었던 음식이나 음료의 잔여 맛을 느껴봅니다.

혹은 물 한 모금을 마시고, 그 물이 입안에 남기는 맛을 느껴봅니다.

그 외 차, 사탕, 초콜릿, 음식 등

'양팔 호흡'은 심리적, 신체적 긴장을 완화하고 과도한 스트레스 상태를 조절하여 정서적 안정을 촉진합니다.

손을 들고 양팔을 벌렸다 모았다 하며 호흡하는 이 방법은 신체의 움직임과 호흡을 동시에 사용하여 긴장을 풀고 마음을 안정시키는 효과적인 중재 방안 중 하나입니다. 이 호흡법은 명상이나 요가에서 자주 사용됩니다.

이 호흡법의 효과

신체 이완: 신체의 움직임과 깊은 호흡을 결합함으로써 긴장을 완화하고 근육을 이완시킵니다.

정신적 안정: 호흡에 집중함으로써 마음을 진정시키고 스트레스를 줄이는 데 도움이 됩니다.

에너지 활성화: 팔을 들어 양옆으로 벌리고 모으는 동작은 신체 에너지를 활성화하여 기운을 북돋아 줍니다.

[양팔 호흡] 방법

① 준비 자세

편안하게 서거나 의자에 앉습니다. 척추를 세우거나 의자에 잠시 기대어도 상관없습니다. 어깨는 긴장을 풀고 자연스럽게 툭 내립니다. 그 상태에서 팔을 접어 기도하듯 손바닥을 마주 대어 봅니다. 서 있다면 발은 바닥에 밀착하여 붙이고 몸의 중심을 잡습니다.

② 양팔을 양옆으로 벌리며 숨 들이마시기

천천히 코로 깊게 숨을 들이마시며 양팔을 옆구리에 가볍게 붙이고 손과 함께 옆으로 벌리세요. 손과 팔이 천천히 벌어지면서 그와 동시에 손바닥이 자연스럽게 떨어지도록 하세요. 이때, 가슴을 열고 편안하게 팔을 벌릴 수 있는 만큼 벌립니다.

팔을 벌릴 때 숨이 들어오면서 가슴이 확장되는 것에 집중합니다.

숨을 들이마시며 천천히 벌어지는 양손을 바라봅니다.

이 동작에 익숙해지면, 팔을 옆구리에서 완전히 떼어내고 손과 함께 더 크게 옆으로 벌리면서 숨을 들이마십니다.

팔과 손이 벌어질 때 들이마신 공기가 가슴에 가득 차는 것을 느껴봅니다.

③ 팔 모으며 내쉬기

양팔을 다시 천천히 원위치로 돌려보낼 때는 숨을 천천히 내쉬어봅니다.

이때 손바닥끼리 자연스럽게 붙는 것을 지켜보면서 그 감각을 느껴봅니다.

숨을 내어 쉴 때는 모든 긴장을 내보내는 느낌으로 천천히 공기가 빠져나가는 것을 느껴봅니다.

반복

이 과정을 몇 번 반복합니다. 보통 5회에서 10회 정도 반복하는 것이 좋습니다.

각 동작을 천천히, 깊게, 그리고 의식적으로 수행하면서 호흡과 동작이 하나로 연결되는 것을 느껴봅니다.

이 기법은 관점을 전환하여 기존의 사고 체계에 깊이를 더하고 변화를 유도합니다.

모호하고 막연하게 인식하던 문제들을 명료하게 구조화하는 동시에, 사고의 모순점을 발견하여 자신의 신념이 지닌 한계를 깨닫고 변화할 수 있는 기반을 마련해 줍니다.

따라서 현재 지나친 부정적 감정에 함몰된 상황에서 객관적으로 벗어날 수 있도록 실질적인 도움을 제공합니다.

[셀프 질문] 방법

1단계: 불안의 실체 마주하기

현재 어떤 생각이 가장 큰 불안을 유발하고 있을까?

그 생각이 시작된 구체적인 상황이나 계기는 무엇이었을까?

지금 이 상황에서 무엇이 나를 가장 불안하게 만드는 걸까?

2단계: 불안의 이면 탐색하기

이 불안은 나에게 무엇을 말하고 있는 걸까?

나는 왜 이 불안을 쉽게 내려놓지 못하고 있는 걸까?

이 불안은 지금의 나에게 정말 필요한 감정일까?

내가 진정으로 바라는 마음의 상태는 어떤 모습일까?

3단계: 현재의 조절과 위로

지금 내 힘으로 바꿀 수 있는 것과 바꿀 수 없는 것은 무엇일까?

지금, 이 순간 내가 할 수 있는 가장 작은 행동은 무엇일까?

내가 믿고 의지하는 사람이 있다면, 지금의 나에게 어떤 말을 건넬까?

그리고 나는 나 자신에게 어떤 말을 해 줄 수 있을까?

4단계: 미래와의 연결

불안이 가라앉은 어느 날, 나는 어떤 모습으로 하루를 보내고 있을까?

그때의 내가, 지금의 나에게 해 주고 싶은 한 문장은 무엇일까?

불안이 완전히 사라지지 않더라도, 오늘 하루를 의미 있게 보내기 위해 내가 할 수 있는 일은 무엇일까?

❀ 둘, 보라 유꽃 이야기

낯설어 버린 나

수술은 새발의 피야.
몰골이 말이 아니야.
머리카락도, 눈썹도 없어.
얼굴과 몸은 퉁퉁 부어 버렸어.
냄새에 예민해져서 코는 다 헐었어.

나, 사람 같아?
여자처럼 보이냐고. 나!

창밖을 바라보던 나는 시선을 옮겨 거울을 봅니다.

어깨는 처져 있고 손가락 끝으로 듬성듬성한 머리카락을 만집니다.

작은 한숨이 나옵니다.

퉁퉁 부어버린 얼굴과 몸, 그리고 빠진 눈썹과 헐어버린 코.

나는 차마 대답도 할 수 없는 질문을 나 자신에게 합니다.

나, 나 맞아?

아름답고 건강한 할머니가 되고자 했던 그동안의 노력은

공든 탑이 무너져 내린 듯

참담함이 그지없습니다.

잃어버린 흔적들, 그리고 텅 빈 나

유방암 때문에 난 다 잃었어요.
가슴도 난소와 자궁도

내가 이러고도 여자일까요?

나이가 있어도 그래도 여자인데

내가 뭘까요?

잃어버린 흔적들, 그리고 텅 빈 나

잎이 다 떨어져 밑동에 낙엽만 쌓여 있는 나무를 바라보았습니다.

앙상한 가지와 줄기로 버티고 있는 나무는

한때의 풍성했던 모습이 옛 기억으로 사라진 듯합니다.

나 또한 그렇습니다.

수술로 가슴을 잘라내고, 화학 항암과 호르몬 치료를 거치며,

결국 난소와 자궁을 들어내야 했지요.

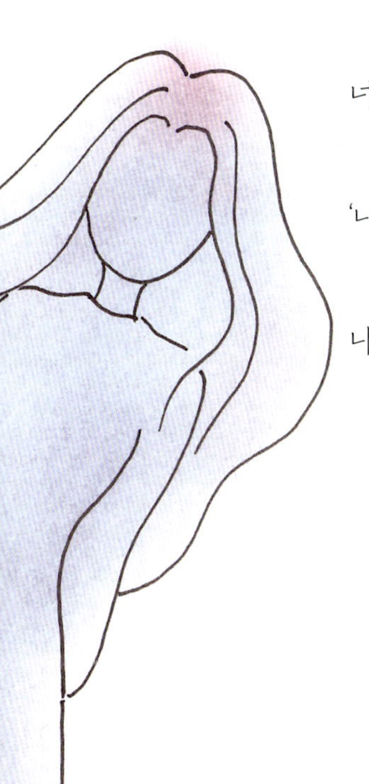

너덜너덜 휑하게 변해버린 나를 마주하게 됩니다.

'나 어때 보여?'

나에게 묻는 나의 질문이 가슴 깊이 시리게 다가옵니다.

미처 지키지 못했다는 자책

야! 넌 가슴에 꼭지는 있잖아.
그러니 얼마나 좋아.
호강스러운 말로 들려. 난

내 가슴은 어떻게 이리 해 두었을까?
꼭지는 살려달라고 내가 말이라도 해봤어야 했는데
그때는 내가 너무 경황이 없어서…

내 탓이지 뭐.

병원 복도의 한적한 벤치에 나란히 앉은 우리는
말없이 앞을 바라보고 있었습니다.
내 병원 동무가 자기 가슴이 이상하다고 무심코 투덜거리는 말에
나는 잠시 멍하니 있다가 눈가에 물기가 맺히고 말았습니다.
옆에서 들려오는 간간한 기계음이
우리 사이에 무거운 침묵을 더했습니다.

동무의 말이 부럽게 느껴졌던 것인지
아니면 미처 챙기지 못했던 것들에 대한 아쉬움 때문인지,
내 마음은 복잡하기만 했습니다.

살고 죽는 문제에만 갇혀 정신없이 지냈던 그때,
놓쳐버린 중요한 것들이 이제야 아프게 다가옵니다.

고개를 숙인 채 떨리고 있는 내 목소리에서
그 순간 내가 얼마나 많은 것을 잃었는지 깨닫게 됩니다.

거울 속의 그녀

좀 이상하긴 하지만
아주, 나쁘지는 않아.
나도 아직은 내 몸이 낯설고
가끔은 깜짝깜짝 놀라기도 하지만
어쩔 수 없지.

어쩔 수 없지.
어쩔 수 없잖아.
괜찮아.

욕실에서 샤워할 때

나는 거울 속의 한 여자를 만납니다.

거울 속 그녀의 몸을 찬찬히 살펴보기도 하고

가끔은 말을 걸기도 합니다.

오늘도 거울 속의 그녀는 나를 따라 손을 올리고

가슴을 만져보기도 하네요.

그녀도 나처럼 많은 생각과 감정으로

착잡해하고 있다는 것을 나는 단번에 알 수 있었습니다.

거울 속 그녀의 모습에 가슴 먹먹해져서

나는 조용히 위로를 건넵니다.

'괜찮아. 아주 나쁘지는 않아.'

기대와 다른 현실 앞에서

난 복원하면 감쪽같을 줄 알았어.
아무리 아파도 상관없다고 했어.

그랬는데 어쩔……
아무리 그래도 예전이랑 비슷하게라도 되어야 하는 거 아니야?

가관이야. 정말 실망했어.
크기도 짝짝이고 위치도 달라서 이쪽보다 훨씬 위에 올라붙었어.

이게 아닌데
이건 아니잖아.

욕실 거울 앞에 서서 복원된 나의 가슴을 찬찬히 바라봅니다.

"아……"

재발 치료에 영향을 줄 수 있다는 경고 같은 말에도 불구하고
내가 바랐던 건, 다시 나답게 보이는 것이었습니다.

복원의 고통과 긴 시간을 버틸 수 있었던 건
그저 나를 되찾고 싶다는 소망이 있었기 때문이었습니다.

그러나
실망스러운 복원 결과에
"복원도 누구나 할 수 있는 게 아니니, 이 정도면 되었다"를
수도 없이 읊조리며 낙심한 나를 위로합니다.

'이것으로 되었다.'
'이것으로 되었다.'

내가 알고 있잖아

단지 가슴 한쪽만 없는 거잖아.

알아.

괜찮다고.
남들은 모른다고.
곁에서 표 안 나.

그런데 내가 알잖아.
몸이 엉망인 걸 알잖아.
내가 알잖아.

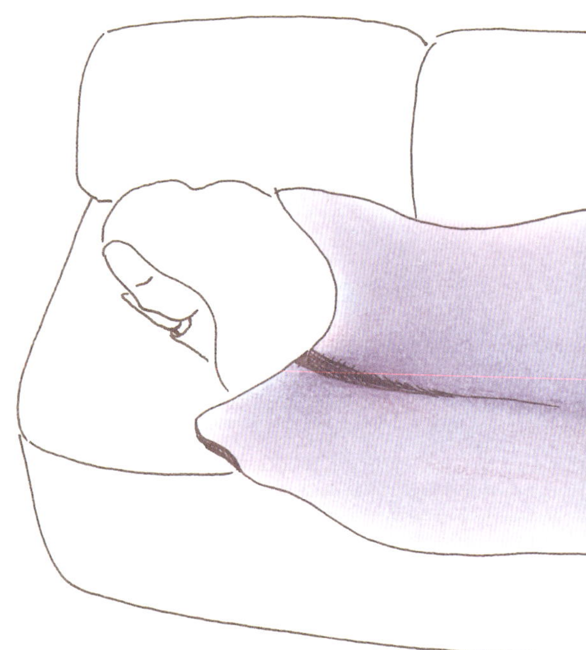

하루 종일 비가 주적주적 내리고 어둠이 스멀거리는 시간
나는 나를 소파에 던져 버렸습니다.
마침, 휴대전화로 안부를 묻는 친구의 문자 메시지를 확인한 후
답장을 보냈지요.
"복원 수술도 못 해"
나의 짜증 섞인 메시지에 돌아온 친구의 반응은
남들은 모른다며 오히려 역정을 내는 것이었습니다.

'알지 그런데 이건 다른 사람들 눈에 어떻게 보이는 것과는 다른 문제야.
진짜 문제는 내가 알고 있는 거야.
내가 예전의 나로 돌아갈 수 없다는 말이야'라는 혼잣말을 합니다.

창밖의 빗소리가 더 처량 맞습니다.

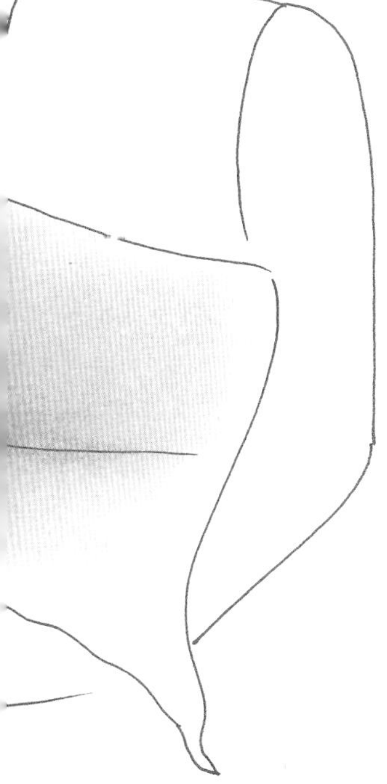

위로가 주는 상처

"유방암 가지고 뭘 그리 걱정해?
죽는 병 아니니까 편하게 생각해.
유방암으로 죽는 사람 못 봤어."

도대체 무슨 말을 하고 싶은 거야?
이게 위로니?

카페 테이블에 마주 앉은 친구의 말을 듣는 순간,
나는 얼어붙은 채 찻잔을 내려놓습니다.

"지금 네가 하는 게 말이야?" 혼란스럽고 서운함이 가슴을 짓누릅니다.

'생각도 마음도 없는 싸구려 위로는 사절이야.
죽지만 않으면 다행이라고? 유방암을 안고 십 년을 병원에 들락거리며,
그 몸으로 100세를 넘기는 게 그렇게 좋아 보이니?'

차라리 모르는 사람이 나을지도 모릅니다.
지인이라며 내 속을 알려고도 하지 않으면서
대충 말을 던지는 이들에게 속으로 외칩니다.

'나를 가볍게 대해서 우쭐거리고 싶다면 제발 내 주변에서 꺼져 줘.'

내 말은 속에서 맴돌기만 하고 카페의 소음에 묻혀버렸습니다.

비수가 되는 시선들

내가 수술하고 사우나를 갔더니
다들 멀찌감치 떨어져 힐끔거리는 거야.

매점 사장이 그나마 곁에 와서 한다는 말이
"웬일이래요. 어쩌다가 그랬어." 이러는 거야.

내가 뭘 어쨌다고 구석구석 앉아서 수군거리는데?

아는 처지에 나쁜 년들이야.

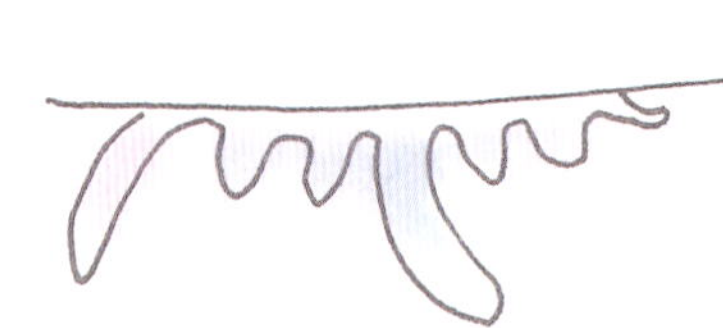

사우나의 뜨거운 김이 공기 중에 가득한 가운데,
나는 조심스럽게 수건을 두르고 들어갔습니다.
평소처럼 사람들 사이에 자연스럽게 앉으려 했지만,
뭔가 어색한 분위기를 느꼈습니다.

알고 지내던 사람들이었는데 마치 못 볼 것을 본 것처럼
따가운 시선으로 나를 힐끔거렸습니다.

내가 뭘 어쨌는데?

그들의 시선에 나는 찌르듯 아파 황급히 어깨를 움츠리고
가슴을 닫아버린 채 도망치듯 나왔습니다.

오늘
최선을 다하는 것 따위가 필요 없다는 것을 깨닫게 됩니다.

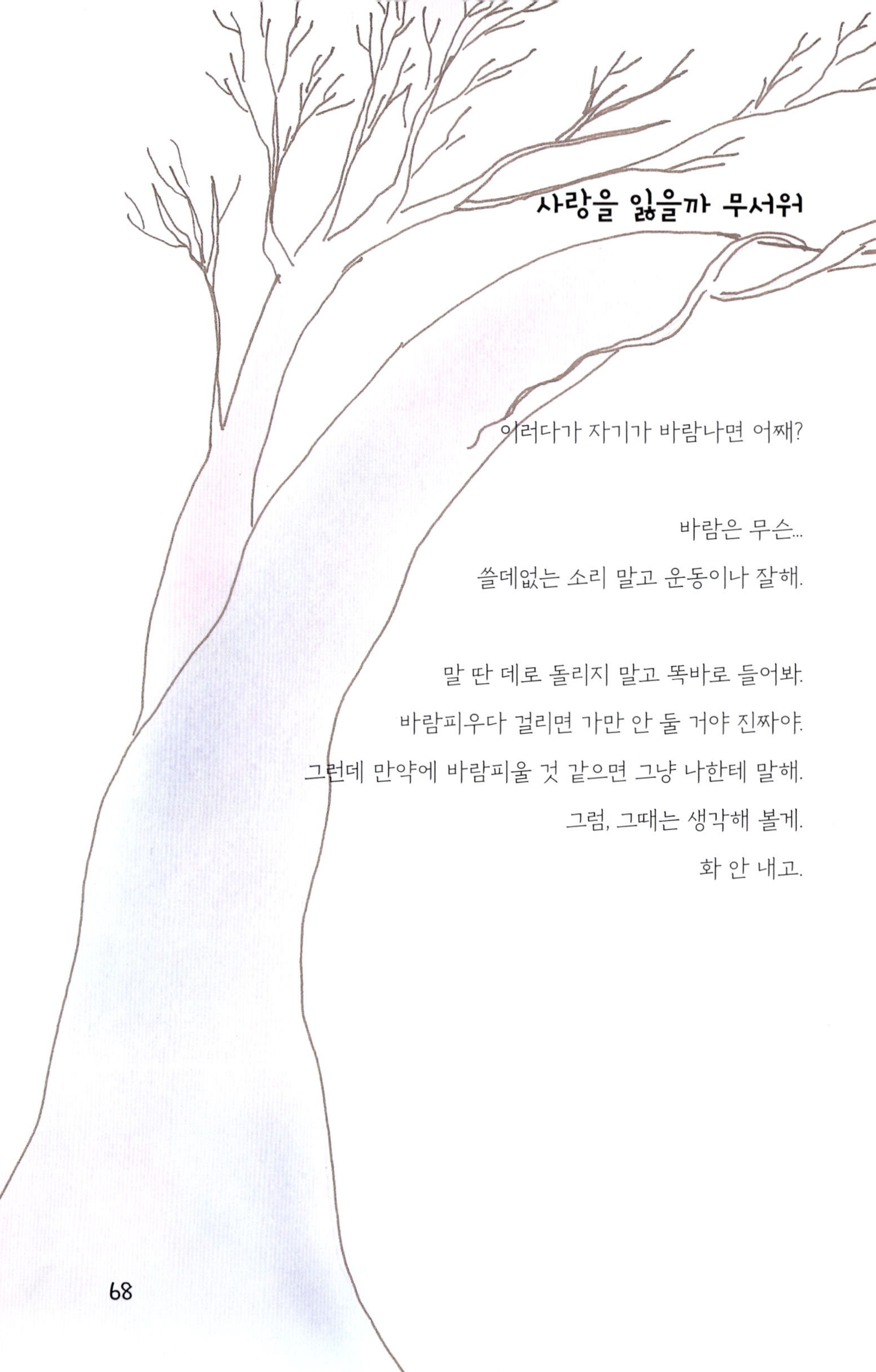

사랑을 잃을까 무서워

이러다가 자기가 바람나면 어째?

바람은 무슨…
쓸데없는 소리 말고 운동이나 잘해.

말 딴 데로 돌리지 말고 똑바로 들어봐.
바람피우다 걸리면 가만 안 둘 거야 진짜야.
그런데 만약에 바람피울 것 같으면 그냥 나한테 말해.
그럼, 그때는 생각해 볼게.
화 안 내고.

잠자리에 든 남편 옆에 슬그머니 누웠습니다.

고마움과 미안한 마음이 뒤섞여,

괜한 객쩍은 말을 꺼내 보았습니다.

유방암 치료를 하면서 사랑하는 사람과의 관계에도 변화가 많습니다.

몸이 따라주지 않아 점점 심드렁해지고 귀찮아지며

관계는 더 소원해졌지요.

돌아누운 남편의 등은 마치 만리장성처럼 높고 단단해 보입니다.

이러다 남편이 다른 사람을 사랑하게 되는 모습을 보게 된다면…

그때는…

내 탓이라고 하지 말아 주면 좋겠습니다.

여전히 '꽃'이고 싶어

남편이 나한테 이제 전우애로 살자고 하더라고.
여자 타령 그만하고 그냥 좋은 인간으로 살라잖아.
맞는 말이야.
부부는 친구처럼, 동지처럼 사는 거야.

그런데 왜 내가 인간만 해야 해?
왜 내가 여자 포기하고 살아야 해?

그런데 나 이상한가 봐.
여자로 사랑받고 싶어.
나는 여전히 여자였으면 좋겠어. 어떻게 해?

여전히 '꽃'이고 싶어

산책길에서 들은 남편의 한마디가 마음에 걸려
괜히 속을 끓이고 있습니다.
전우애, 동지, 다 좋습니다.
그런데 왜 이렇게 은근히 화가 날까요?
"좋은 인간으로 살라"는 말이 무겁게 다가오네요.

나를 위로하려는 뜻이었다는 것을 알고 있지만
그 말은 오히려 나를 어떤 의미도 없는 존재로 느끼게 했습니다.

만약 내가 유방암에 걸리지 않았고, 지금과 같은 상황이 아니었다면
이 말이 그저 아무렇지도 않게 들렸을지도 모릅니다.

어쩌면 잃어버린 것에 대한 집착처럼 보일 수도 있고,
혹은 괜한 투정처럼 보일 수도 있겠지요.

유방암 수술로 내 몸이 변한 건 사실이지만
나는 여전히 여자이고 싶습니다.

아니, 이제는 더욱더 여성으로서의 나를 지키고 싶어졌습니다.
몸이 달라졌다고 내 마음까지 변한 건 아니니까요.

나만이라도 원래의 나를 기억하고자 합니다.

주홍 글씨

아무도 모르게 해주세요.
과장님만 알고 처리해 주시면 좋겠어요.

저 유방암으로 휴직했다는 거.
복직했을 때 회사 사람들은 몰랐으면 해서요.

다른 사람들은 몰랐으면 좋겠어요.
그냥 몰랐으면 좋겠어요.

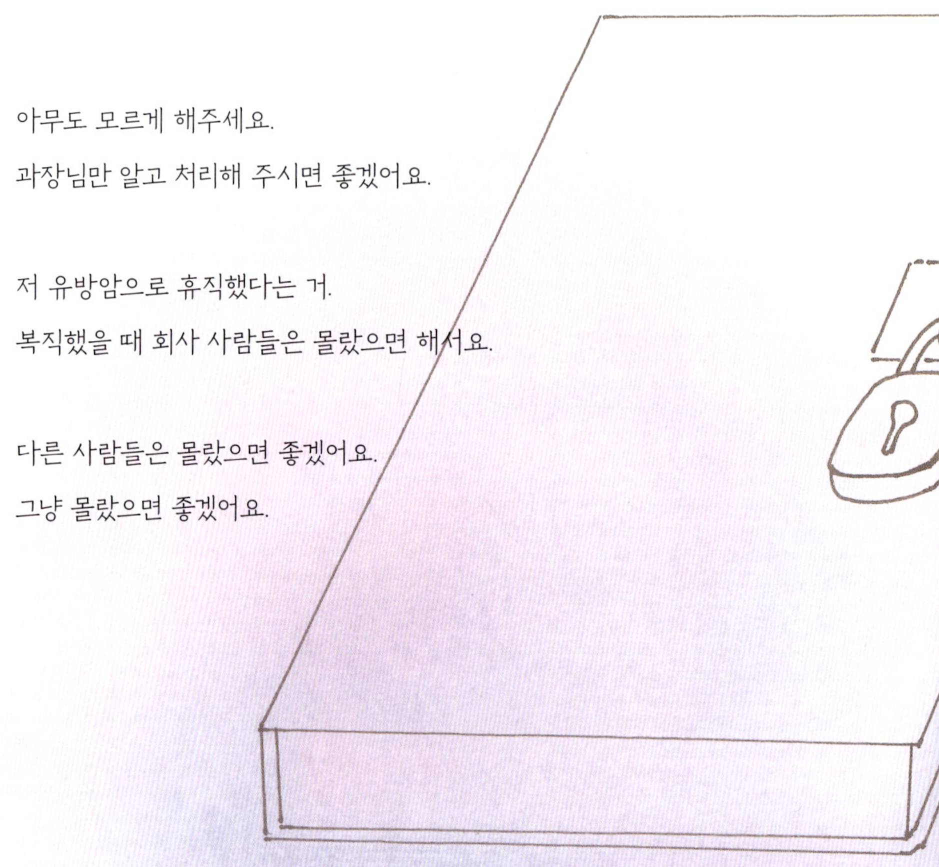

회사에 휴직계를 냈습니다.

담당자의 염려스러운 눈빛이 오히려 더 불편하게 느껴졌습니다.

그냥 다른 휴직자처럼 보아주길 바랐는데

왜 이토록 다른 사람이 아는 게 싫을까요?

다른 암 환자들은 자신의 병명을 별 불편함 없이 이야기하는데

저는 유방암이라는 사실을 사람들이 몰랐으면 합니다.

그 이유를 알 듯 모를 듯하나 비밀로 묻어두고 싶은 마음입니다.

왜 나는 숨기고 싶은 걸까요?

친한 유방암 환우들도 다른 사람들이 아는 게 싫다고 하더군요.

이유는 명확하지 않지만,

내가 더 이상 다른 여자들과는 다르다는 것을

숨기고 싶은 마음이 드는 것 같습니다.

보라색 유형의 환우들은 외상 후 스트레스 장애(PTSD)에 준하는 수준은 아니더라도, 깊은 내적 아픔과 심리적 침잠을 경험합니다. 수술로 인한 가슴의 상실은 단순한 신체적 변화를 넘어 여성성과 개인적으로 중요한 부분을 잃었다는 인식으로 이어지며, 이는 정체성 혼란을 심화시킵니다.

이러한 내적 변화는 종종 사회적 고립감으로도 이어지며, 이는 심리적 고통을 가중할 뿐만 아니라 자신을 향한 부정적 감정과 비판적 시선을 강화하는 원인이 됩니다.

따라서 보라색 유형 환우들에게는 슬픔과 상실의 감정을 올바르게 이해하고 해소하는 과정이 필수적입니다. 아픔을 억누르기보다 온전히 인정함으로써 새로운 '나'와 정체성을 재구축하려는 노력이 필요합니다. 환우들은 상흔과 좌절의 고통을 수용하고 감정을 안전하게 표현하는 과정을 통해 자신을 깊이 통찰하며, 존재론적 맥락에서 스스로를 수용하고 이해할 수 있게 됩니다.

이에 유꽃 톡톡은 3가지 방법을 제시합니다.

첫 번째:

과거의 나 만나기

두 번째:

시냇물에 띄워 보내기

세 번째:

그대 품에 안겨

'과거의 나 만나기'는 현재 투병 중인 내가 유방암 진단 전인 과거의 나를 만나 마주 보고 진솔한 대화를 통해 지금의 경험을 이해하고 감정을 치유해 나가는 방법입니다.

현재의 내가 과거의 나와 접촉하여 자유롭게 상황과 감정을 말하면서 온전히 자신을 내보이는 과정을 갖습니다. 이를 통해 지금 경험하는 고통이 누구라도 경험할 수 있는 것임을 인식하고 수용하면서 잊고 있던 자신의 자원을 찾을 수 있는 통찰을 얻을 수 있습니다. 과거의 나를 만나는 작업은 지금의 나와의 통합을 이루고 미래로 나아갈 수 있는 새로운 지향점을 경험하도록 도와 줍니다.

[과거의 나 만나기] 방법

안전하고 평온한 공간을 찾아 작은 테이블과 의자를 준비합니다. 내가 앉은 맞은편에 빈 의자를 둡니다. 편안한 자세로 앉아 가만히 호흡을 가다듬으며 맞은편 빈 의자를 바라봅니다.

유방암 진단 이전, 건강하고 행복했던 '과거의 나'를 떠올립니다. 그 시절의 환경, 감정, 생각을 최대한 구체적으로 느껴봅니다. 그리고 그 '과거의 나'를 맞은편 빈 의자로 초대하여 그곳에 앉아 있다고 상상해 봅니다.

이제 '과거의 나'에게 직접 말을 건네봅니다. 지금 내가 어떤 상황에 있는지, 어떤 마음으로 하루를 보내고 있는지 이야기해 봅니다. 진단 이후 달라진 몸과 일상, 두려움과 혼란 등 어떤 감정도 괜찮습니다. 지금 이 순간 느끼는 것을 있는 그대로 전해봅니다.

충분히 이야기했다면, 자리에서 일어나 맞은편 빈 의자로 옮겨 앉습니다. 이제 나는 '과거의 나'가 됩니다. 방금 전 '지금의 나'가 했던 말을 떠올립니다. '과거의 나'로서 '지금의 나'에게 무엇을 전하고 싶은지 생각해 봅니다. 그 시절 나를 살아가게 했던 힘과 자원 이야기도 좋고, 지금 전하고 싶은 위로나 응원도 좋습니다. 진심을 담아 '지금의 나'를 바라보며 말을 건네봅니다.

말을 마쳤다면 다시 처음 자리로 돌아와 앉습니다. 이제 다시 '지금의 나'입니다. 방금 '과거의 나'에게 들은 말을 가만히 받아들입니다. 그 시절 나를 지탱했던 힘, 관계, 가치관이 현재의 내 안에도 여전히 존재함을 느껴봅니다. 잊고 있던 것들이 떠오른다면 천천히 마음속으로 가져옵니다. 그리고 '과거의 나'에게 하고 싶은 말을 건네봅니다.

이처럼 '지금의 나'와 '과거의 나'는 자리를 옮겨가며 감사함, 미안함, 아쉬움 등 여러 마음을 충분히 나눕니다. 서두르지 않아도 됩니다. 대화를 마친 후, 잠시 말없이 마주 앉습니다. 그 시절의 내가 참 애썼다는 것과 지금의 내가 변화했음을 함께 느낍니다. 잃어버린 것들에 대해 충분히 슬퍼해도 좋습니다. 그 슬픔을 외면하지 않고 바라보는 것이 지금의 나를 받아들이는 시작입니다.

준비가 되었다면 '과거의 나'에게 작별 인사를 전합니다. 이 작별은 그 시절을 지워버리는 것이 아닙니다. 그때의 나를 충분히 바라보고 감사히 여기며, 이제는 '지금의 나'로 살아가겠다는 다짐입니다. '과거의 나'는 언제나 내 안에 있으며, 그 힘은 여전히 나의 것임을 기억합니다.

내 삶을 크게 뒤흔들어 놓은 유방암으로 인한 상흔은 슬픔과 생경스러운 당혹감으로 삶에 부정적인 영향을 줍니다.

이와 같은 부정적 생각이나 감정은 나를 더 위축시키고 고립시킵니다.

하지만 이러한 아픔이 지속되는 것은 어쩌면 내가 붙잡고 집착하는 것들이 있기 때문일 수 있습니다.

그리고 우리는 이러한 것들이 단지 생각과 감정일 뿐이라는 것을 알아차릴 필요가 있습니다.

도망치지도 말고 차단하지도 말고, 아픔이 있어도 아픔이 없어도 괜찮다고 생각합니다.

인연 따라 왔으니 또 떠나갈 것입니다.

[시냇물에 띄워 보내기] 방법

내가 조절하고 싶은 생각이나 감정을 떠올려 봅니다.
나를 들뜨게 하거나 불편하게 하는 생각들이 무엇인지 차분하게 바라봅니다.

조용히 호흡을 가다듬고 눈을 감습니다.

편안하게 눈을 감아도 좋고, 불편하다면 시선을 부드럽게 두고 눈을 뜨고 있어도 좋습니다.

숲속의 계곡을 떠올립니다.

울창한 숲속의 깨끗한 계곡물이 졸졸 흐르며 내려가는 풍경을 상상합니다.

흘러가는 계곡물 소리도 상상해 봅니다.

계곡물 옆에 나뭇잎들이 흩어져 있습니다.

나는 계곡물 옆에 자리를 잡아 앉습니다.

나뭇잎 하나를 천천히 집어 듭니다. 지금 내 안에 있는 생각이나 감정 하나를 떠올려 나뭇잎 위에 조심스럽게 얹습니다. 그리고 계곡물에 살며시 띄워 보냅니다.

나뭇잎이 물결을 따라 흘러가는 것을 바라봅니다.

다시 나뭇잎 하나를 집어 듭니다.

또 다른 생각이나 감정을 떠올려 그 위에 얹고, 다시 계곡물에 띄워 보냅니다.

이렇게 하나씩, 천천히 반복합니다.

둥실거리며 흘러가는 나뭇잎을 바라봅니다.

그저 흘러가는 모습을 바라보면 됩니다.

점점 멀어져 가고, 점점 희미해져 가는 나뭇잎을 바라봅니다.

멀어져도 괜찮습니다.

나뭇잎이 멀어져 보이지 않을 않을 때쯤, 조용히 눈을 뜨고 천천히 호흡을
정리합니다.
지금 이 자리로 돌아옵니다.

내가 사랑하고 믿고 신뢰하는 사람의 위로는 나를 안심시키고 나에게 다시 힘을 불어넣어 줍니다.

혼자라는 생각에 외롭다고 느끼거나 혹은 사랑과 이해를 받고 싶을 때, 내가 그토록 사랑했던 사람의 온기는 나를 다시금 행복으로 이끄는 길잡이가 됩니다.

그 사람의 지혜와 사랑을 통해 나는 안정감을 가질 수 있습니다.

[그대 품에 안겨] 방법

편안한 자세로 내 몸과 호흡에 주의를 두고 지금 어떤 기분이 드는지 알아봅니다.
몸과 마음이 편안해지면 눈을 감고 상상합니다. 눈을 감는 것이 불편하다면 시선을 부드럽게 두어도 좋습니다.

내가 살아오면서 내게 가장 온정적이었던 사람이 누구였는지 떠올려 봅니다.
누구여도 상관없습니다. 부모님, 조부모, 친구 등 누구여도 좋습니다.
현재 곁에 없는 사람, 이미 세상에 없는 사람이어도 좋습니다.

한 사람을 떠올리면, 그 사람과 가장 좋았던 순간, 내게 가장 선명한 장면으로 남아있는 특별한 상황의 그때 장면 속으로 들어갑니다.

지금 내 옆에 그 사람이 있다고 상상합니다.

그 사람은 내 등을 두드려 주고 어깨를 꼭 안아줍니다.

넉넉하고 따스한 온기를 느껴봅니다. 그 온기 속에서 잠시 머뭅니다.

함께 얼굴을 마주 보는 상상을 합니다.

투정을 부려도 좋습니다. 힘듦을 말해도 좋습니다.

그리고 그 사람에게 지금의 상황에서 평안을 찾는 방법을 알려달라고 말해 봅니다.

그 사람은 한결같은 자애로운 마음으로 나의 손을 감싸 쥐며, 사랑을 가득 품은 얼굴로 내게, 내가 평안해질 수 있는 지혜로운 방법을 말해 줍니다.

어떤 말을 건네는지 가만히 들어봅니다.

잠시 그 자리에 머뭅니다.

그 말을 조용히 따라 말해 봅니다. 그리고 그 말을 내 마음 깊이 담습니다.

그 사람의 따뜻한 눈빛과 목소리도 함께 담아둡니다.

그 사람의 지혜와 온기는 내가 앞으로 나아갈 수 있게 하는 커다란 선물이 됩니다.

❀ 셋, 빨강 유꽃 이야기

딸을 위한 유방암 엄마의 기도

어제는 첫째가 설거지했고
오늘은 둘째 차례야
키워놨더니 덕 보는 거지.
이럴 때는 대견하고 이뻐
신통방통하지.

그런데 말이야.
나중에 우리 딸들도 유방암에 걸리면 어떡하지?

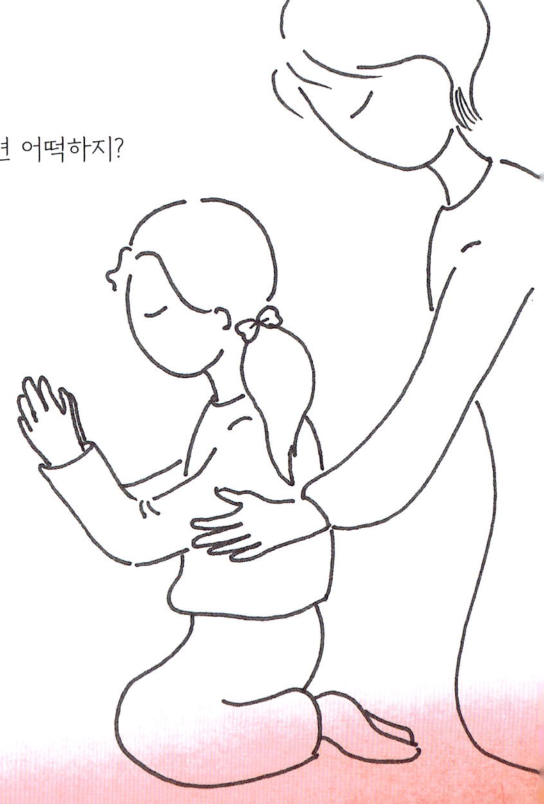

엄마 마음은 딸들이 안다고
내가 아프고 나니 딸들이 더 효녀가 되었습니다.
셋째 딸을 낳았을 때는 살짝 서운했지만,
키워 놓고 보니 남편보다 딸이 더 나을 때가 많더라고요.
그 모습을 보며 참 기특하고 흐뭇한 마음이 듭니다.

하지만 이런 기특한 딸들에게 유방암이 유전될 수 있다니,
걱정이 이만저만이 아닙니다.
그 걱정은 때로는 숨이 턱~ 하니 막힐 것 같은
압박감으로 느껴지기도 하지요.

딸들의 밝은 모습을 보면서도,
마음 한구석에는 이러한 생각이 사라지지 않습니다.

제발 그런 일만은 일어나지 않기를 바라는 기도로
그 마음을 다독여 봅니다.

어쩌겠어. 그래도 내 길을 가야지

괜찮아. 이번 학기 포기 안 하고 할 거야.

나 정말 아무렇지도 않아.
쉬면 오히려 우울증에 걸릴지도 몰라.

항암은 내 일을 하면서 하면 돼.

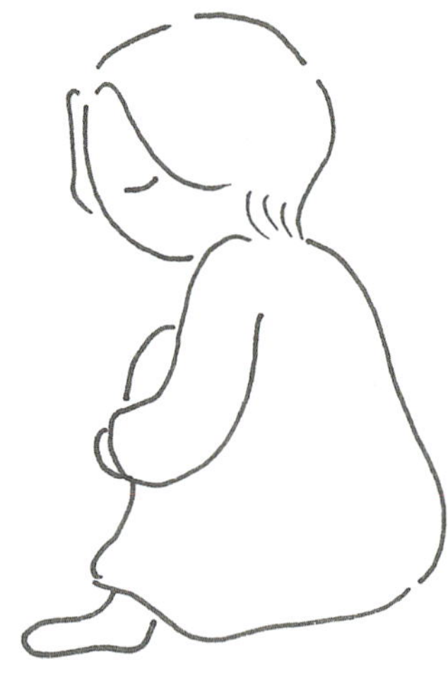

수술한 지 얼마 되지 않아 학교로 돌아왔습니다.

주변 사람들은 더 쉬라며 걱정했지만,

나는 일상으로 돌아가는 게 나답다고 생각했지요.

마음이 무너질까 두려워 이번 학기를 포기하지 않기로 결심했고,

항암치료도 함께 잘 해낼 수 있을 거라고 스스로 다독였습니다.

하지만 마음 한편에는 불안과 피로가 밀려오면서,

예전보다 약해진 체력을 인정해야 하는 현실이 씁쓸하기만 하네요.

건강을 챙기기 위해 좋은 음식을 찾으며 나를 관리하는 습관이 생겼지만,

그것조차 나 자신이 달라졌다는 것을 받아들이는 일처럼 느껴집니다.

달라진 내 모습을 보며 한편으론 대견하지만,

가끔은 처량하고 안쓰럽게 느껴집니다.

그럼에도 불구하고 나는 나답게 살아가려 노력하려고요.

힘들고 힘들겠지만, 그래도 이런 나를 믿으려 합니다.

롤러코스터 같은 나날

생존율 높은 암
맞아, 나도 알아
찾아봤으니까.

불행 중 다행이라고 말하고 싶은 거야?

그런데 생존율이 99%이고 사망률이 1%라 하더라도
내가 1% 안에 들면
내게는 사망률 100%가 되는 거야.
알아?

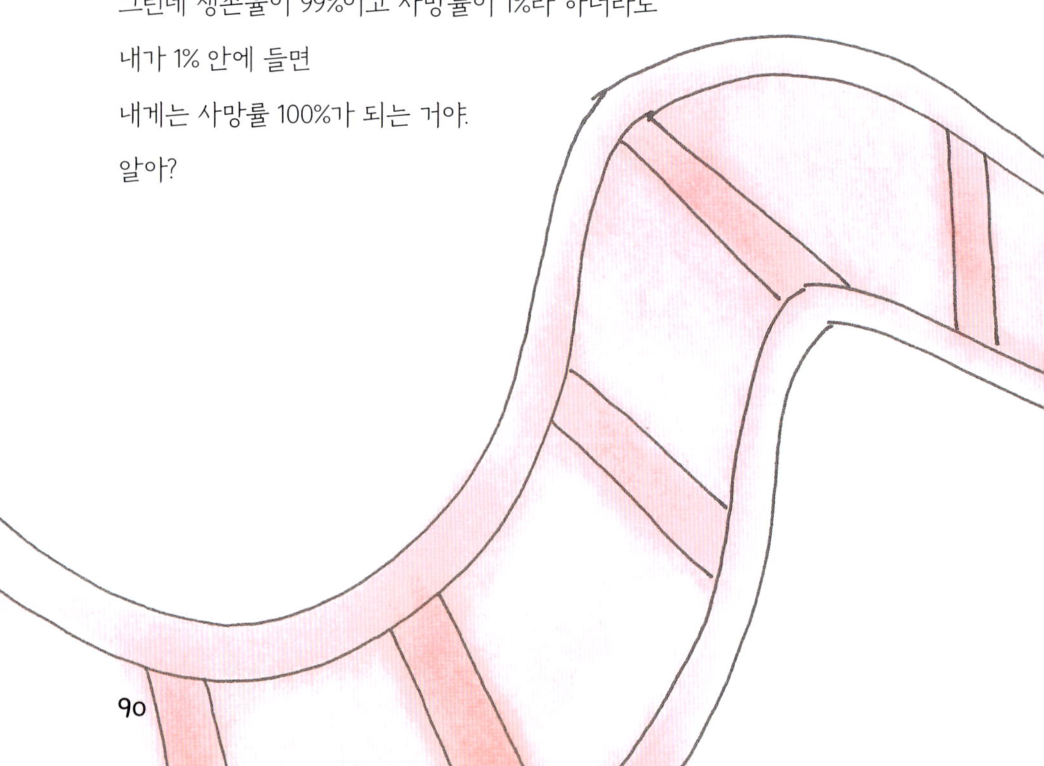

서둘러 찾아간 유방암 환자들을 위한 설명회에서는
드문드문 앉아 있는 환자들과 그의 가족들에게
다양한 정보들이 쏟아졌습니다.
"아. 감사합니다. 다행이에요. 수고하세요~"라는 인사를 남기고
돌아오면서 왠지 모를 답답함이 밀려왔습니다.
저 멀리 손 닿지 않는 해무 같은 것이 아니라
분명히 확인할 수 있는 무언가를 듣고 싶다는 갈망이 느껴졌습니다.

암 환자라면 누구라도 느낄 수밖에 없는 답답함으로
희망적인 상황에서조차도 부정적인 언어로 웅얼거리며 반박합니다.
하지만 그거조차 들키면 안 되겠지요.

'맞아요. 다행이에요~' 맞장구치고
돌아서서는 궁시렁거리고 투덜대는 나를 발견합니다.
불분명한 미래도, 나의 웅얼대는 모습도 참 답답합니다.

오늘도 내 마음은 롤러코스터를 타는 하루입니다.

고투의 일상

일을 왜 이리 열심히 하는 거야? 대단해.

내가 일은 좀 하지. 내가 싼 똥은 내가 치워야 하거든.
그동안 벌여놓은 일은 빨리 마무리 지어놓으려고.

뭐래. 무슨 말이야?

언제 어떻게 될지 모르잖아.

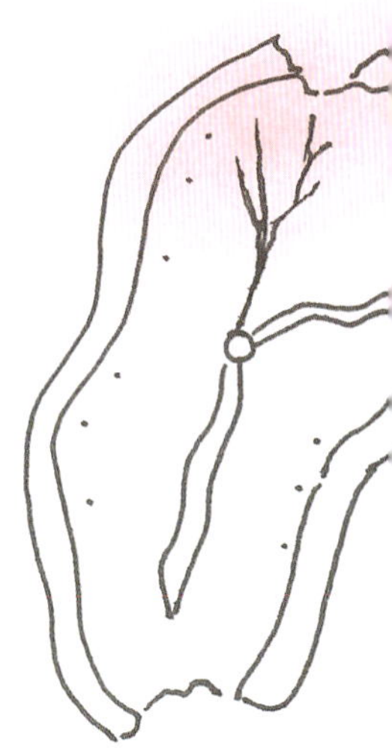

고투의 일상

퇴근 시간을 훌쩍 넘긴 시간
문득 내가 지금 뭘 하고 있는지 돌아보았습니다.
'아, 내가 지금 속이 시끄럽구나.' 하고 깨닫게 됩니다.

복직 이후,
'유방암 환자'라는 무게감과 '그럼에도 불구하고'라는 강한 의지가
번갈아 가며 나를 압박하는 일상이 계속되고 있습니다.

이럴 때일수록 자책하거나 원망하는 것은 도움이 안 된다고
스스로에게 엄하게 말하곤 합니다.

그래서 나는 일을 합니다.
미련하리만큼 몰아붙이며 해야 할 일들을 끝내려고 애씁니다.

이렇게라도 일에 매달려야 '안절부절'의 함정에 빠지지 않고
살아남을 수 있다고 믿기 때문입니다.

이런 고투의 삶이 일상입니다.

웃픈 현실

그러다 넘어지면 어쩌려고 그래?

엄마 가발을 그렇게 막 던지고 그러면 어쩌니?

거 봐.
가발을 밟으니까 넘어지잖아.

아파?
울지 말고.

그러니까 형이랑 놀 때는 가발 갖고 놀지 마.

일요일 오후 남편과 아이들과 늦은 점심을 먹고
느긋하게 앉아 있었습니다.

거실 한쪽에서는 두 아들이
제 가발을 휘두르며 장난을 치고 있습니다.
한 놈은 휘두르며 던지고,
한 놈은 발로 차고

제 가발이 아이들에게는 장난감이 되어 버렸습니다.
자기들끼리 가발을 뒤집어쓰고 낄낄거리며 웃기도 하고
그것으로 티격태격하며 싸울 때도 있습니다.

아이들의 모습을 보고 있자니 헛웃음이 나오네요.

보는 것만으로 아까운 아이들 곁에서 행복한 감정에
머무르다가도 불안한 미래를 자꾸 이곳으로 끌어옵니다.
요동치는 상반되는 감정에 발목 잡히는 나를 어쩌나요?

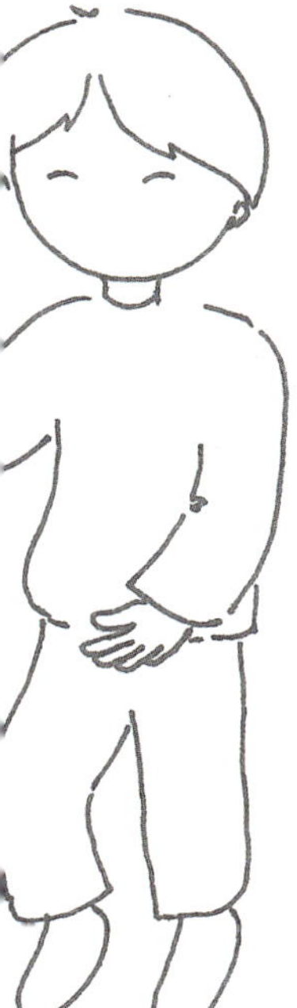

가면이든, 아니든

"여보~ 흰 양말 어디 있어?"
"엄마~ 내 파란 운동화 못 봤어?"
"여보 우산,
 엄마 나도 우산"

이놈의 인간들을 정말
이래서 내가 쉴 틈이 없어
"여기 있잖아,
 내가 할 게."

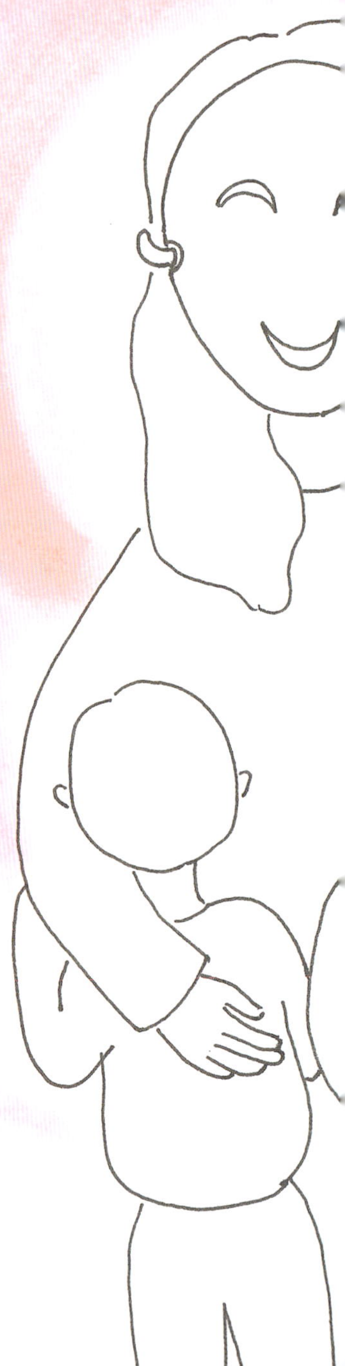

가면이든, 아니든

아침마다 정신이 하나도 없습니다.
언제부터인가 우리 가족은 예전의 모습으로 돌아간 듯합니다.

희한하게도 더 부산스러워진 느낌이네요.

이 장면.
아마도 내가 가면을 써야 한다고 생각하기 때문일 겁니다.
내가 주저앉으면, 내가 가라앉으면 내 사람들이 무너질까 봐요.
그래서 억지로라도 큰소리치고 웃으며 기운을 냅니다.
그들이 안심을 하니까요.

하지만 내 마음은 다릅니다.
웃고 있지만, 웃는 게 아닌 걸 나 자신은 너무도 잘 압니다.
나는 정말 강한 걸까요?
아니면 그저 가면을 쓰고 버티고 있는 것일 뿐일까요?

애처로운 배려

괜찮다니까요.

솔직히 뭐가 달라졌는지 모르겠어요.

오히려 더 건강해진 것 같아요.

보세요.

지난번보다 밥도 많이 먹잖아요.

맞죠?

이제 곧 얼굴도 괜찮아질 거예요.

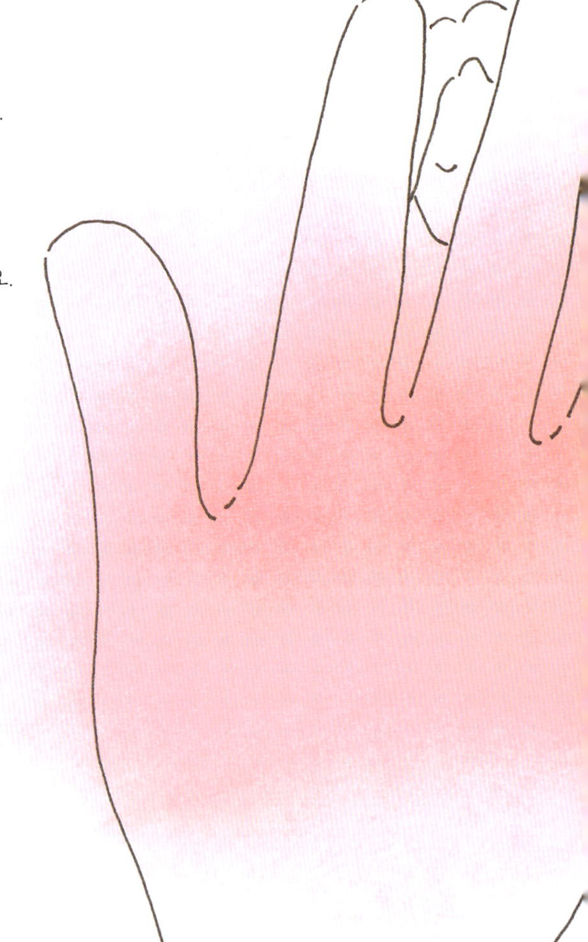

시어른들이 오랜만에 다녀가시니 피로가 한꺼번에 밀려옵니다.
오늘도 나는 가족을 위해 허세 부리고
때로는 자신감을 과시하기도 했지요.

걱정하지 말라고, 건강하고 괜찮다며 주문을 외듯 말했습니다.
하지만 그 말이 내 마음 깊은 곳에서는 얼마나 허망하게 들리는지
그 누구도 알지 못할 것입니다.

늘어졌던 몸을 일으켜 욕실로 가
거울 앞에 서서 얼굴과 목을 양손으로 부드럽게 쓸어 올립니다.
약 부작용으로 몸이 부었다 빠졌다 반복한 탓에
예전의 탄력적인 피부가 이제는 칠면조처럼
늘어진 모습으로 변해버렸네요.
이런 나에게 전하는 내 손길의 위로가 애처롭습니다.

한편으로는 그렇게라도 나를 다독이며 버텨야 한다고 되뇌면서도
다른 한편으로는 이런 나를 받아들이기가 여전히 어렵습니다.

가족이라는 이름에는

아들
병원 같이 가주면 안 돼?

"내가 왜 가?
여자들만 있는 데를 내가 어떻게 가?"

알았어.

"그런데 몇 시에 갈 건데?"

이상하게 병원은 혼자 가기 싫습니다.
아직도 혼자 마주하기엔 불편함이 크거든요.
그래서 아쉬운 마음에 군 복무 중 휴가 나온 아들에게
이런 마음을 숨기며 함께 가달라고 부탁했습니다.

가족과의 동행은 매번 삐뚤빼뚤합니다.
때론 서운하다가도 어느 순간 참 예뻐 보이고
한편으로 고마웠다가도
이내 괘씸함이 스멀스멀 올라옵니다.
하루에도 몇 번이나 이리저리 흔들리는 마음을
어찌해야 할지 모르겠어요.

그럼에도 불구하고 이 복잡한 감정의 소용돌이
속에서 깨닫게 되는 것은
결국 가족은 가족이라는 겁니다.

가족은 내 마음을 가장 많이 어지럽히고
또 가장 많이 위로하는 사람들이라는 걸 말입니다.

그때와 다른 지금

오케이 알고 있어.
이 정도이면 다행이고 감사한 거 알고 있다고.

그런데 좋은 거랑은 좀 달라.

좋은 건
술 한잔 마음 편하게 마시면서 키득거리고 웃고
신이 나서 흥얼거렸던 그때가 좋은 거지.
일 끝나고 맥주 한잔 크~~하~~

진짜 생각만 해도 좋다.

그때가 정말 그립다.
그때가 좋은 거지.

오랜만에 모임에서 반가운 얼굴들을 보니 좋았습니다.
왁자지껄 흥겨운 분위기 속에서 가벼운 웃음도 나왔습니다.

하지만 제 사정을 아는 친구가 조용히 제 옆구리를 찌르며,
혹시 제가 술이라도 마실까 봐 걱정스레 눈짓을 보낼 때,
마음 한편이 무거워졌습니다.

걱정하는 친구를 안심시키려 환하게 웃어 보였지만,
그 웃음 뒤에 허전함이 남아 있었습니다.

물론 감사하지요.
이렇게 내가 일상을 유지하며
함께 하는 삶은 감사하고 마땅히 고맙습니다.

그러나 좋은 것과는 다르다는 걸 새삼 느낍니다.
아프기 전 평범했던 그때가 참 그립습니다.
그때 참 좋았습니다.

감사한 것과 좋은 것은 확실히 다릅니다.

빨강 유형의 환우들은 외상 후 성장(Post-Traumatic Growth, PTG)과 외상 후 스트레스 장애(Post-Traumatic Stress Disorder, PTSD) 사이에서 혼란을 겪고 있는 사람들입니다.

이들이 겪는 양가적 감정이란 서로 상반되는 감정을 동시에 느끼는 상태로, 예를 들어 희망과 절망, 기쁨과 슬픔을 한꺼번에 경험하는 것을 말합니다. 이러한 감정의 충돌로 인해 빨강 유형의 환우들은 자신이 겪는 상황에 대해 혼란스러움을 느끼고, 때로는 자신을 이해하거나 감정을 정리하는 데 어려움을 겪습니다.

빨강 유형의 환우들은 서둘러 불안을 거두려 노력하기보다는 자신의 상황을 거리 두고 바라보는 것이 마음의 균형을 찾는 데 도움이 될 수 있습니다.

이에 유꽃 톡톡은 3가지 방법을 제시합니다.

첫 번째:

감정 이름 붙여 바라보기

두 번째:

통제할 수 있는 것과 통제할 수 없는 것

세 번째:

영화속의 나

'감정 이름 붙여 바라보기'는 자신이 느끼는 감정을 명확하게 인식하고 표현하는 중요한 과정입니다. 이는 감정의 혼란을 줄이고 왜 자신이 그렇게 느끼는지 깊이 이해하는 데 도움이 됩니다.

이러한 과정을 통해 자신의 감정을 세분화하여 좀 더 상세하게 알아볼 수 있습니다. 감정을 구체적으로 이해 가능한 대상으로 만들어 가는 과정에서, 우리는 비로소 감정을 조절하는 힘을 가질 수 있습니다.

그 감정을 억누르거나 없애려 하지 않고 조용히 바라보면서, 다시 내 일에 전념하는 것이 감정을 다루는 데 효과적입니다.

[감정 이름 붙여 바라보기] 방법

① 몸의 신호 알아차리기

우선 자기의 몸에서 나타나는 감정의 신호를 인식해 봅니다.

예를 들어 갑자기 불안하거나 두려워지면 가슴이 답답해지고 허둥대는 모습이 나타날 수 있습니다. 이러한 내 몸의 신호는 감정을 알아차리는 데 중요한 단서가 됩니다.

② 기본 감정을 찾아보기

기본 감정인 기쁨, 슬픔, 분노, 두려움, 혐오 등으로 구분하여 지금 감정을 크게 나눠봅니다. 현재 느끼는 감정이 어느 것에 가장 가까울까요?

기본 감정을 크게 나누었다면 좀 더 세심하게 나눠봅니다. 예를 들어 슬픔이 느껴진다면 외로움, 실망, 상실감으로 구분하여 생각할 수 있습니다.

③ 자기 자신과 대화하기

세부 감정으로 구분되었다면 '지금, 이 감정이 무엇이지?'라며 자기 스스로에게 물어 봅니다.

원인 보다는 느껴지는 감정 그대로를 바라보고 인정하는 것이 좋습니다. 그리고 '불안이 내게 찾아왔구나' 또는 '이 감정은 외로움이구나' 하고 알아차림 하시면 됩니다.

④ 감정 이름 붙이기

내가 느낀 감정 이름을 써봅니다. 감정 일기, 휴대전화 메모장 또는 포스트잇도 가능합니다. 써진 감정 이름이 내 어떤 생각과 연결되어 있는지, 왜 생겼는지도 생각해 봅니다. 써진 종이 또는 포스트잇을 조금 거리를 두고 그저 바라봅니다.

⑤ 감정 바라보기

감정을 그 자리에 둡니다. 예를 들어 '불안'이라고 포스트잇에 써 두었다면 냉장고나 벽면에 붙여 둡니다. 그리고 말합니다.

"너는 거기 있어. 나는 내 할 일을 할게."

이후 나는 내가 해야 할 일을 하면 됩니다.

통제할 수 있는 것과 통제 할 수 없는 것 구분하기

우리는 통제할 수 없는 사건이나 생각, 감정 등을 통제하려고 억누르고 부정하며 회피합니다.

그러나 우리가 통제할 수 있는 것과 없는 것을 구분하여, 통제할 수 있는 것에 집중하고 통제할 수 없는 것은 수용한다면 인식과 감정에서 오는 혼란을 줄이고 마음의 평상심을 찾을 수 있습니다.

[통제할 수 있는 것과 통제할 수 없는 것] 방법

내가 현재 경험하고 있는 상황이나 생각, 감정 등 내가 많은 에너지를 쏟는 것을 자유롭게 써봅니다.

① 공책이나 A4 용지에 다음과 같은 그림을 그립니다. 한쪽에는 '통제할 수 있는 것', 다른 쪽에는 '통제할 수 없는 것'이라고 적습니다.

통제할 수 있는 것	통제할 수 없는 것

② 내가 '통제할 수 있는 것'과 '통제할 수 없는 것'을 나누어 칸 안에 적어봅니다.

예를 들어 다른 사람의 생각과 행동, 감정과 통증, 과거의 일 등은 통제할 수 없는 것입니다. 반면 현재 할 일, 나의 행동과 의지, 내 반응 등은 통제할 수 있는 것입니다.

③ 이 과정을 통해 통제할 수 있는 것과 통제할 수 없는 것이 구분되었다면, 잠시 멈추고 스스로를 돌아봅니다. 통제할 수 없는 것들에는 억지로 맞서거나 바꾸려 하지 않아도 됩니다. 있는 그대로 받아들이는 것만으로도 충분합니다. 그리고 통제할 수 있는 것에 전념하여 하나씩 시작해 봅니다. 작은 것이어도 괜찮습니다. 그 한 걸음이 내 삶의 방향을 만들어 갑니다.

'영화 속의 나'는 자신의 생각이나 감정에 혼란이 강하거나 지나친 몰입으로 곤란을 겪을 때 자신을 객관적으로 바라볼 수 있게 함으로써 상황에 대한 이해를 높이는 데 효과적입니다.

감정과 생각에서 거리를 두고 객관적인 시각을 갖는다면 타당한 자기 인식을 갖게 되며 감정에 매몰되지 않도록 도와 감정을 조절하는 데 도움이 됩니다. 이를 통해 보다 차분하게 자신을 바라볼 수 있는 마음의 공간과 여유를 얻을 수 있습니다.

[영화 속의 나] 방법

조용하고 평온한 장소를 찾아 자리에 앉습니다.
몸의 긴장을 풀고 편안한 자세를 유지하며 자연스럽게 긴장을 덜어냅니다.
필요하다면 눈을 감고, 차분한 호흡에 집중하며 마음을 가라앉힙니다.

최근 내 마음을 자주 사로잡았던 생각이나 혼란스럽게 했던 문제를 떠올려 봅니다.
그 생각이 떠오르면 조금 더 명확하게 그려봅니다. 그 생각이 어떤 상황에서 시작되었고, 어떤 감정이나 신체적 반응이 동반되었는지 자세하게 떠올리며 그 상황을 구체적으로 상상해 봅니다.

그 다음, 그 장면을 마치 영화관 스크린에 비추는 것처럼 상상해 봅니다.
스크린 속에는 지금 내가 겪고 있는 상황과 같은 감정과 생각을 느끼고 있는 '나'가 주인공으로 나타납니다. 영화 속의 나는 지금 내가 느끼는 모든 감정을 함께 겪고 있으며, 그 상황에 깊이 몰입하고 있습니다.

이 순간, 당신은 객석에 앉아 영화를 감상하는 관객입니다.
스크린 속의 나를 멀리서 바라보며, 그 감정과 생각을 객관적인 시선으로 관찰해 봅니다.
화면 속의 내가 어떤 표정을 짓고 있는지, 어떤 감정을 표현하고 있는지를 차분하게 바라보며, 그 감정에 깊이 빠지지 않고 관객의 시선을 유지합니다.
때로는 비평가처럼 그 장면을 분석해도 좋습니다. '왜 저 감정이 생겼을까?', '저 상황에서 다른 선택을 할 수는 없었을까?'라는 질문을 던지며 그 장면을 세밀하게 살펴봅니다.

관객으로서 충분히 그 장면을 지켜봤다면, 이제 서서히 영화가 끝났다고 생각하며 마음의 준비를 합니다.
모든 관찰이 끝났다고 느껴지면, 천천히 눈을 뜨고 가볍고 부드러운 호흡을 통해 마음을 정리합니다.

그리고 지금 당신이 느끼는 생각과 감정과 비교하여 객관적으로 다시금 생각해 봅니다.

✿ 넷, 노랑 유꽃 이야기

이제서야 보이는 것들

오늘 지저분한 그릇을 싹 다 바꾸었어.

내가 결혼할 때 갖고 왔던 그릇부터 사은품으로 받은 접시까지

난리투성이야.

플라스틱 통이 왜 그리 많은지.

그동안 내가 어디에 밥을 담고 먹었는지.

참…

이젠 사람처럼 밥 먹을 거야.

별생각 없이 설거지하다 보니
플라스틱 통이 너무 많다는 걸 문득 깨달았습니다.
사실 깨달았다기보다는 이제야 눈에 보이기 시작한 거지요.

싱크대 위 칸을 열어보니
형태도 색깔도 제각각인 그릇들과
짝이 맞지 않는 숟가락, 젓가락들이 한데 엉켜 있었습니다.
바쁜 시간을 쪼개며 잘 살아가고 있다고 생각했는데
이 어수선한 그릇들과 접시 잡동사니들을 보니
문득 '이게 뭘까?' 싶은 마음이 들었습니다.

한때는 예쁜 그릇을 참 좋아하던 나였는데 말입니다.

이제야 싱크대 안을 정리해 봅니다.
제 마음을 정리하듯이요.

이제 내가 보여

하긴

스트레스도 많이 받고
몸도 지나치게 혹사했어.

남들이 좋다는 거 먹고
좋다는 운동할 때
난 그런 거 못 했으니까.

그래도 이렇게 된 게
나 때문만은 아니야.

바쁜 일상 속 시간을 칼같이 구분해 쪼개 쓰고
마치 숙제를 끝내야 잠을 잘 수 있는 아이처럼 살아왔습니다.
하지만 문득 그렇게 열심히 달려오는 동안
내가 놓쳐버린 것들이 너무도 많았다는 것을 깨닫게 되었지요.

책상 앞에 앉아 하루를 돌아보던 어느 날
마음 한구석에 아쉬움과 후회가 스며들었습니다.
'조금만 더 신경 썼더라면, 조금만 더 나를 돌봤더라면' 하는
생각이 자꾸 떠올랐습니다.

하지만 그것이 내 탓은 아닙니다. 그리고 누구의 탓도 아닙니다.
나는 그때 그렇게 살아갈 수밖에 없었던 겁니다.

이제야 비로소 나 자신을 돌아보고 이해하기 시작했습니다.
내가 놓친 것들에 대한 후회 대신
이제는 나에게 더 너그러워지기로 마음먹었습니다.

지금부터라도 나를 돌보고,
진정으로 내가 필요한 것들을 채워주는 시간이 되어야 한다는 것을
깨닫게 되었습니다.

새로운 출발, 어떻게 해야 하는 거지?

알긴 알겠는데
뭘 어떻게 해야 할지 모르겠어.

그렇다고 지금부터는 내 마음대로 아무렇게나
살 거라고 할 수도 없고
뭘 어쩌라는 건지 모르겠어.

이제부터라도 나를 챙기며 살아야 한다는 건 잘 알고 있습니다.

하지만 고기도 먹어본 사람이 먹는다고,

막상 어떻게 시작해야 할지는 솔직히 모르겠습니다.

지금까지 나는 나를 뒷전으로 두고 살아왔는데

이제라도 나를 우선하려고·하니 그것조차 어색하고 부담스럽습니다.

솔직히 내가 이기적으로 보일까 봐 걱정도 됩니다.

TV에서는 여행과 먹방 프로그램들이 쏟아져 나오지만

저런 삶을 바라는 것도 아닙니다.

무언가 있기는 있을 것 같은데

정작 무엇을 어떻게 어디서부터 시작해야 할지 막막하기만 합니다.

무심의 결과

내가 뭘 하고 싶은지를 모르겠어.
진짜 내가 하고 싶은 게 없더라고
뭐 이런가 싶었지.

안 되겠다 싶어서 그냥 내일 배움 카드로 신청했어.
무엇이라도 해야겠다 싶어서.

뭐냐 하면 꽃꽂이.

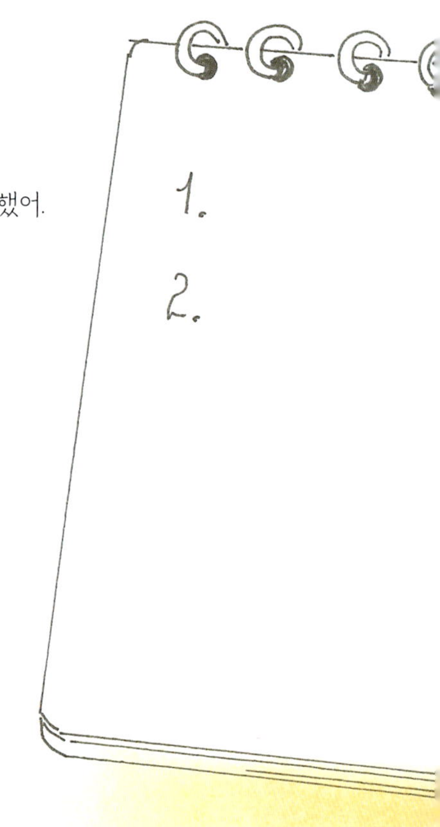

식탁 테이블에 앉아 종이와 펜을 꺼내 놓고
그동안 내가 하고 싶었던 일을 써보기로 했습니다.
작심하고 앉아 생각을 해봤지만
정작 떠오르는 게 없었습니다.
하고 싶었던 일이 없었던 것이죠.

순간 나 스스로가 당황스러웠습니다.
그도 그럴 것이, 그동안 그저 살아왔던 나는
이런 생각을 한 번도 해본 적 없었으니까요.

그동안 나는 나한테 너무 무심했던 거겠죠?
뭐 하나 쉬운 게 없다는 걸 새삼 깨닫게 되었습니다.

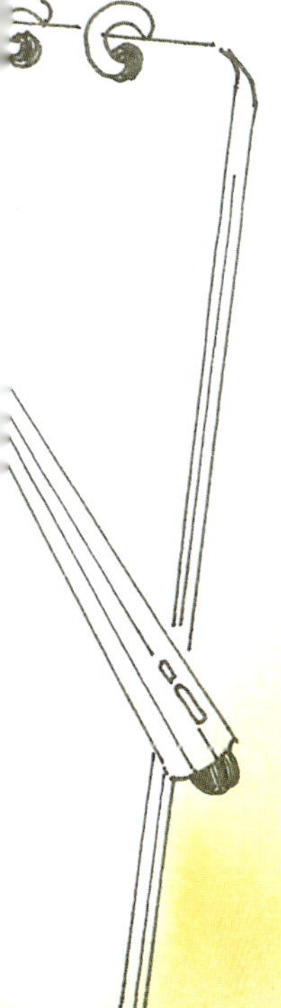

이제는 바뀐 우선순위

내가 아프니까 남편도 자식도 다 공 없어.
여태껏 지네들 손으로 밥 한번 제대로 챙겨 먹은 적이 없는데
나를 얼마나 잘 챙겨주겠어?
챙겨준다는 꼴을 보면 내가 더 답답해.

차라리 내가 날 관리해서 아프다고 징징거리지 않는 게
나도 좋고 애들한테도 좋은 일이야.

내 삶의 우선순위는 내가 되어야 해.

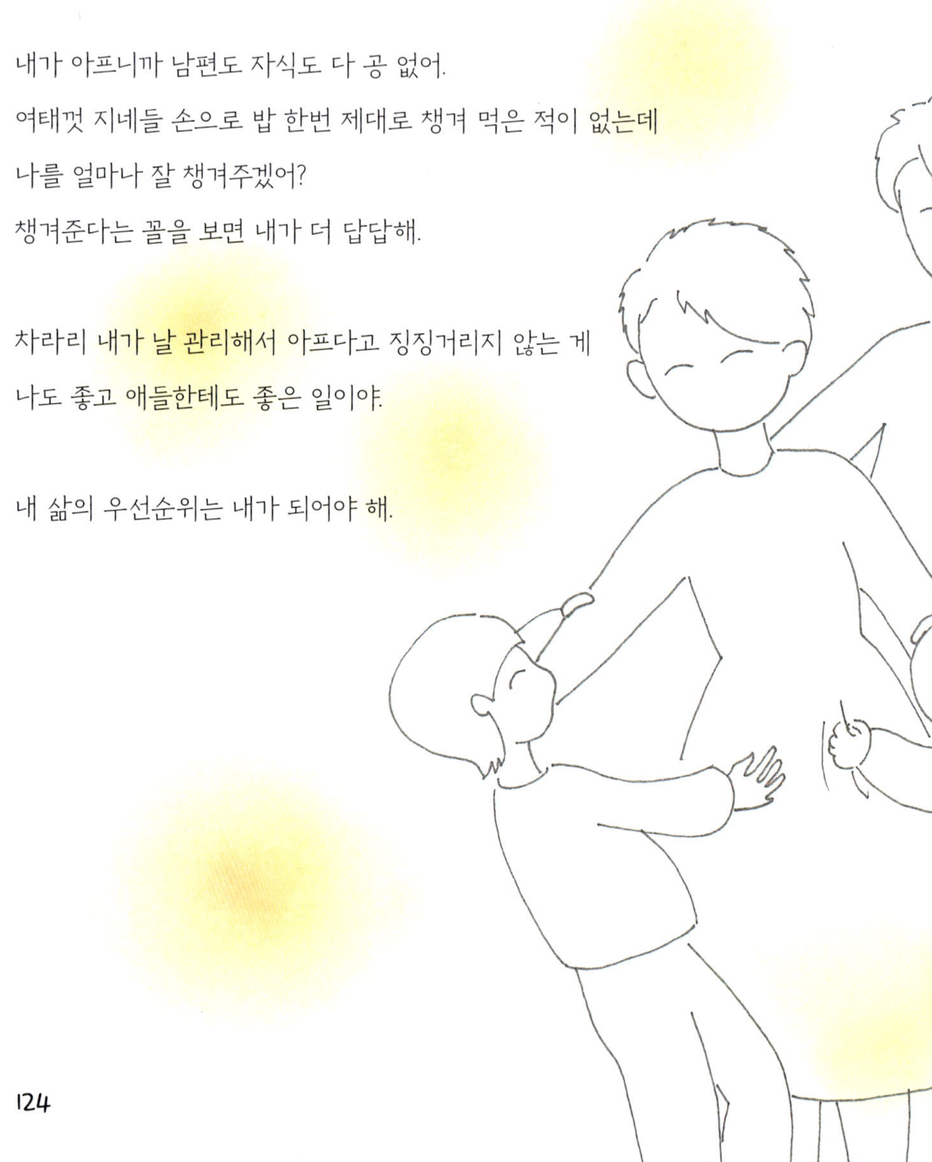

오늘따라 아이들이 유난히 제 주변을 서성입니다.
아마도 제 기분을 살피는 것이겠지요.

저를 안쓰러워하며 어떻게 도와야 할지 몰라 난감해하던
남편과 아이들이 어설프게나마 도와주려 했던 것이 엊그제 같은데
벌써 슬금슬금 제 눈치를 보며 손을 내밀기 시작했습니다.

'아, 내가 이럴 줄 알았다니까.' 속으로 중얼거렸습니다.

돌이켜 보면 슈퍼맨처럼 살아왔습니다.
항상 바쁘고 허둥대며 모든 걸 해내려 했던 것 같습니다.
하지만 이제는 나 자신도 돌보며
조금 더 여유롭게 사람답게 살아가야겠다고 다짐합니다.

너무 무리하지 말고
너무 애쓰지 말고
힘들 때는 힘들다고 솔직히 말하고

그게 누구도 원망하지 않고
나를 돌보는 것이 가장 좋은 방법인 것 같습니다.

알아차림의 순간

내가 없으면 사무실이 큰일 날 줄 알았어.
오만이지.
그런데 내가 없어도
회사가 안 망하더라고.

멀쩡해.

좀, 서운하네.
왜 이런 마음이 들지?

그 잘난 성취감에 정신 못 차렸더니
내가 망가졌더라고.

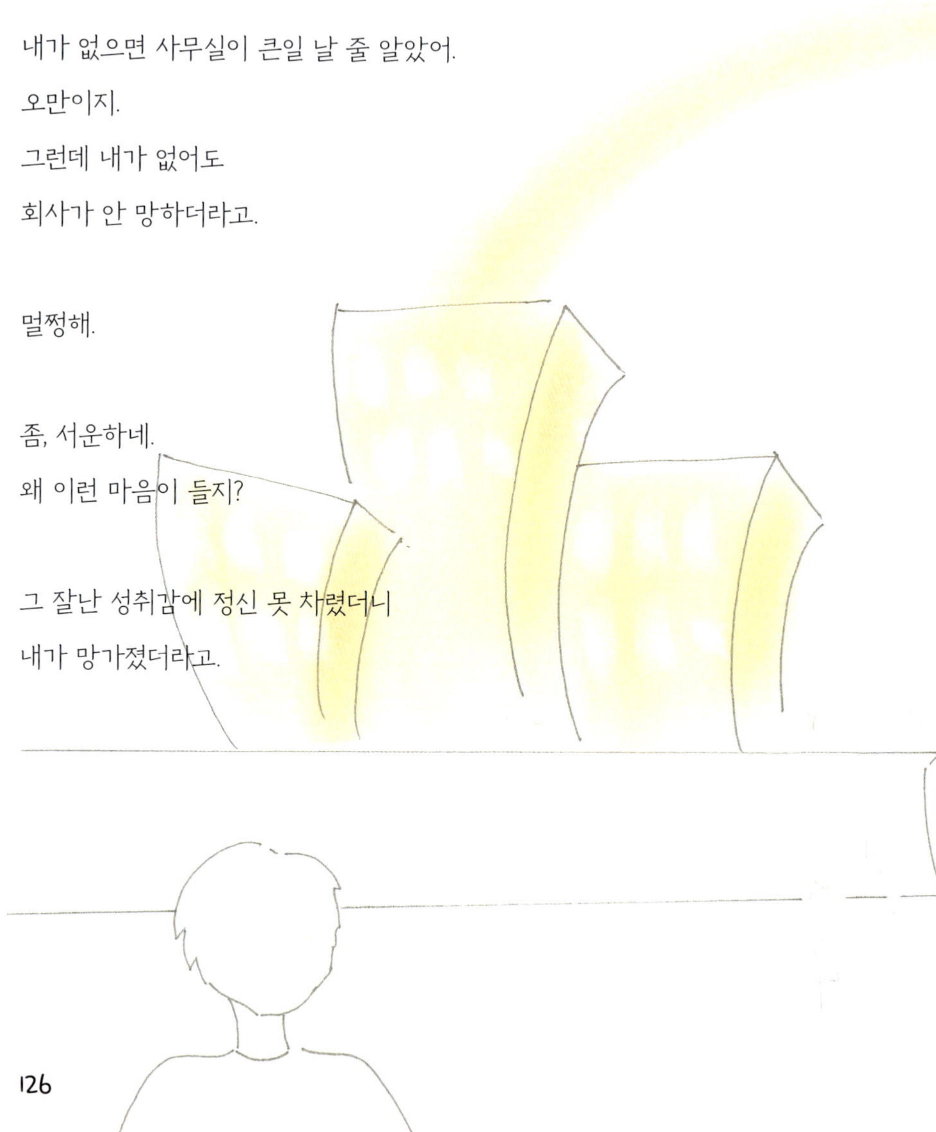

회사는 여전히 잘 돌아가니 걱정 말라는 동료와의 통화를 마친 후,
잠시 생각에 잠겼습니다.

그동안 직장에 깊은 애착을 가지고 일해왔습니다.
일이 정말 좋았고, 어려운 문제를 해결할 때 느꼈던 성취감은
말로 다할 수 없었습니다.
사람들의 인정도 기분 좋았고
나 자신이 참 대견하고 멋있게 느껴지기도 했습니다.
그렇게 저는 중요한 사람이 된 것 같은 기분에 젖어
마치, 나 아니면 회사가 잘못될 것처럼 일했습니다.

흔히들 말하듯 영혼을 갈아 넣어 일했고
남은 것은 유방암이었습니다.
짧은 탄식과 허무감이 밀려듭니다.

지금 회사는 나 없이도 잘 돌아가고 있습니다.
그래도 이번 기회에 정신을 차렸으니 다행인가요?

날 위한 친절 연습

식당에 가면
음식 메뉴 하나 시키는 것도
눈치 보고 살았다니까.

우리 애들도, 부모님도 매운 거 못 먹으니까
무조건 달달하거나 심심한 것만 시켜.

한 번도 내가 먹고 싶은걸
제대로 말해본 적이 없다니까.

생각해 보니까
내가 너무 다른 사람들에게만 맞춰 살았더라고.

점심시간 동네 맛집을 찾는 어플을 살펴본 후
선택한 음식점으로 향합니다.
오늘은 내가 좋아하는 얼큰한 육개장을 먹어볼까 합니다.

굳이 누가 먹자고 할 때까지 기다릴 필요도 없고
다른 사람이 좋아하는 메뉴에 맞춰야 할 필요도 없습니다.

그냥 내 돈으로 먹고 싶은 걸 맛있게 먹고
배부르면 기분 좋아지니 그 순간을 마음껏 즐기면 됩니다.

이제부터는 나에게 친절을 베풀겠습니다.
막상 해보니 이리 쉬운 것인데

내게 베푸는 친절을 부지런히 연습할 겁니다.

내가 있어 세상이 있지

목 늘어진 티셔츠도, 편하다고 입던 낡은 옷도 다 버리고
하나를 사더라도 내 마음에 드는 옷만 사려고 이젠.
속옷도 이쁜 걸로 살 거야.

대충 끼니를 때우는 것도 끝.

내가 그렇게 살아도 세상이 무너지진 않아.
내가 없으면 세상도 없는 거지.

오늘은 거울 앞에 서서 얼굴을 바라보며 머리를 빗고
입을 옷을 골라 보았습니다.

주방에서 대충 때우던 아침 대신
정성껏 준비한 건강한 식사를 차렸습니다.
식사 후, 차 한잔 마시는 지금
이 작은 평화가 내 삶의 소중한 일부가 되었습니다.

나를 소중히 여기고, 내가 있다는 사실을 인정하는 순간
세상도 그만큼 더 빛날 수 있습니다.

내가 있고 세상이 있는 것입니다.
내가 없으면 이 세상도 나와 함께 사라지지요.

그러니 오늘은 나를 위해 살아가기로 약속해 봅니다.

오늘을 즐겨보자

아직 오지도 않은 미래 때문에 지금을 저당 잡히면 안 될 것 같아.

좀 더 큰 집으로 넓혀가려고
뭐든 나중에, 나중에 라고 했는데
그게 무슨 의미가 있나 싶어.

이젠 그렇게 안 살려고.

지금, 나 좋은 거 하고 살려고.

아파트 매물 안내 문자가 오늘도 쉴 새 없이 들어옵니다.

이 문자들만 봐도
내가 그동안 어떤 생각을 하며 살아왔는지 알 수 있을 것 같습니다.

더 넓은 평수, 좋은 학군, 재건축 가능성 등
다양한 정보를 무기로 삼아
마치 전투에 임하듯 전략을 세우고 목표를 정하며 살아왔습니다.

오늘의 즐거움은 뒤로 미루더라도
미래의 목표 달성을 위해 사는 게 성공하는 삶이라 믿었지요.

하지만 이제는 미래의 목표와 성과 대신
오늘의 기쁨과 평안 그리고 즐거움으로
삶을 조심스럽게 바꾸어 보려 합니다.

왜냐하면 오늘의 나도 소중하니까요.

나를 사랑하는 나에게

너는 그저 가만히 있기만 하면 돼.
아무것도 할 거 없어.
넌 그냥 내 사랑을 받기만 하면 돼.

넌 지금 있는 그것으로도 충분해.

자, 받아~
널 위한 꽃다발이야.

나를 사랑하는 나에게

상가 안의 꽃집을 지나다 문득 안을 들여다보았습니다.

색색의 아름다운 꽃들이 화사하게 피어있고

화려한 포장 덕분에 더욱 고급스러워 보였습니다.

꽃집 문을 열고 멋쩍게 웃으며

잘 포장된 꽃다발 하나를 조심스럽게 골라 들고 나왔습니다.

예전의 나 같으면 '먹지도 못하는 꽃다발을 왜 사냐?'며

핀잔을 주었겠지만, 오늘은 다릅니다.

이 꽃은 사랑하는 나를 위한 선물입니다.

날 위한 꽃다발은 참 오랜만입니다.

햇살 속에 빛나는 나

괜찮아, 봐봐.

낙엽 위 난 구멍으로 본 하늘은 여전히 푸르고
이 구멍이 있어서 낙엽은 더 멋지잖아.

너도 이렇다니까.
여전히 이쁘고 반짝여
더 멋지다니까.

반짝반짝~
반짝반짝~

햇살 속에 빛나는 나

햇살을 피해 그늘을 따라 걷던 중
바닥에 떨어진 낙엽 하나를 발견했습니다.
붉게 물든 단풍잎 한가운데 난 동그란 구멍이
특이하고 귀엽게 보였습니다.

손을 내밀어 단풍잎을 집어 들고
다시 하늘을 향해 높이 치켜들었습니다.
낙엽 위에 난 작은 구멍을 통해 하늘과 해를 번갈아 바라보며
나도 눈을 찡긋거려 봅니다.

여전히 하늘은 예쁘고 햇빛은 눈부십니다.

구멍 난 낙엽을 통해 바라본 하늘과
해님이 변함없는 것처럼 나도 여전히 괜찮습니다.

오늘은 여전히 괜찮은 나를 보듬어 안아주는 하루입니다.

노랑 유형의 환우들은 이제 막 외상 후 성장(Post-Traumatic Growth, PTG)의 길을 걷기 시작한 사람들로, 유방암 진단을 계기로 자기의 삶에서 돌봄의 중요성을 깨닫고 이를 실천하려는 단계에 있습니다.
이들은 그동안 가정, 직장 또는 사회적 관계 속에서 자신이 맡은 역할에 충실하고 책임감 있게 행동하느라 자기를 돌볼 기회를 놓치고 있었습니다.

유방암 투병 과정에서 자기 돌봄을 시작하는 환우들에게 자기 돌봄은 낯설고 어려운 것일 수 있습니다. 자신을 돌봐야 한다는 사실은 인식하고 있지만 어디서부터 시작해야 할지, 어떤 방법으로 실천해야 할지 모호할 수 있습니다.

자기 돌봄의 출발점은 자기 자비입니다. 자기 자비는 자신을 비판하거나 질책하는 대신, 자신의 고통과 어려움을 따뜻한 마음으로 받아들이고 이해하려는 태도입니다. 환우들은 자기의 몸과 마음이 겪고 있는 어려움을 인정하고 스스로에게 친절하게 대함으로써 마음의 균형을 찾을 수 있습니다.

이에 유꽃 톡톡은 3가지 방법을 제시합니다.

아침에 하는 셀프 인사, 즉 '나의 인사'는 하루를 긍정적이고 자신감 있게 시작하는 데 도움이 될 수 있습니다.

나 스스로에게 '안녕'이라고 먼저 인사 건네는 것은 반가움과 안녕감을 전달함으로써 뇌에 긍정적인 신호를 보내 활기를 불어넣어 줍니다.

나 스스로에 대한 인사는 내 목소리가 내 귀에 분명하게 들리는 것이 좋습니다.

[나의 인사] 방법

매일 아침 세면대에서 양치를 시작하기 전에 내 얼굴을 편안하게 바라봅니다.

입꼬리를 살짝 올려 미소를 만들어 봅니다.
아침에 나 자신을 바라보고 미소 짓는 것만으로도 안정감을 주며 긍정적인 에너지를 느끼게 해줍니다.

"안녕~!" 이라고 말해 봅니다.
미소 지은 얼굴로 안녕이라고 선뜻 인사를 건네는 것으로 오늘 하루를 자신감 있게 시작할 수 있습니다.

이 과정이 익숙해지면 "안녕, 유꽃아~!"라고 이름을 넣어 부르며 오른손을
들어 왼쪽 심장 부근 가슴에 올려놓습니다.
손과 가슴의 감각을 느끼며 살아 숨 쉬는 생동감과 존재감을 각인시킵니다.

이 과정 또한 익숙해지면 "안녕. 유꽃아. 사랑해~!", "안녕, 유꽃아. 멋있어~!"
등과 같이 마음에 드는 문구를 다양하게 적용해서 실천해 봅니다.
내게 필요한 에너지를 점차 얻어갈 수 있습니다.

'셀프 포옹'은 자기의 손으로 자신을 감싸안아 주는 것을 통해 자기 돌봄의 효과를 경험하게 합니다.

이 동작은 있는 그대로의 나를 받아들이고 따뜻하고 이해심 있는 태도로 나 자신을 대하는 의미를 담고 있습니다.

셀프 포옹은 단순한 신체 동작을 넘어서 자신을 돌보고 연민을 느끼고 자비롭게 대하는 실천적인 도구입니다.

즉 신체적 접촉을 통해 자기 자신에게 직접적으로 친절을 표현하는 방법으로, 스스로에게 따뜻함과 위로를 전달하며 자기 자비를 한층 깊이 느끼도록 돕습니다.

이 동작의 꾸준한 실천은 자기 돌봄, 자기 연민, 자기 자비를 증대시킬 수 있습니다.

1. [토닥토닥 나비 포옹] 방법

'토닥토닥 나비 포옹'은 나의 손을 교차하여 반대편 팔을 스스로 토닥토닥 두드려 주는 동작을 말합니다.
이렇게 두드리는 동작을 통해 스트레스 수준을 낮춰주고 심적 이완을 하는 효과를 줄 수 있습니다.
토닥토닥 두드려 주는 것은 마치 다른 사람이 나를 위로해 주는 손길처럼 느껴져 응원과 지지를 받는 듯이 느끼게 해 줍니다.
감정을 억지로 억압하는 것이 아니라 자연스럽게 받아들이게 하는 역할을 하면서 정서 조절을 하게 됩니다.

2. [가만히 나비 포옹] 방법

셀프 포옹 중 '가만히 나비 포옹'은 자신을 고요하게 수용하고 돌보는 방법입니다.
두드림 없이, 팔을 교차하여 반대편 팔이나 어깨를 부드럽게 감싸안습니다.
이때 스스로를 보호하는 따뜻한 온기를 느낄 수 있습니다.
그 상태를 잠시 유지해 봅니다.
두 팔에서 전해지는 따스함이 마음 깊이 스며들며 정서적 안정감과 포근한 평안을 경험할 수 있습니다.

3. [양손 가슴 얹기] 방법

'양손 가슴 얹기'는 두 손을 가슴 위에 살며시 올리는 동작입니다.

나비 포옹과 다른 점은 양팔을 교차하지 않는다는 것입니다.

자연스럽게 양손을 가슴에 얹고, 내 심장과 마음이 연결되는 것을 가만히 느껴봅니다.

오른손은 왼쪽 심장 부근에, 왼손은 명치 부근에 가볍게 올려둡니다.

손에서 전해지는 따스함은 이내 가슴속으로 스며들어, 나를 향한 깊은 긍휼과 자비의 빛이 됩니다. 그 온기를 느끼며 스스로에게 '나는 지금, 이 순간 나를 가장 따뜻하게 돌보고 있다'라고 속삭여 봅니다.

'자기 자비 기도'는 자신을 향한 따스함과 자비를 키우는데 도움을 주는 기도입니다.

어려움 속에서도 자기를 돌보는 능력을 키우고 자신에게 친절한 마음을 갖게 하기 위한 기도입니다.

자신의 고통이나 상처, 그리고 아쉬운 마음 등을 부드럽고 이해 가득한 마음으로 대하는 넓은 마음 그 이상을 의미합니다.

이를 통해 자기를 수용하고 존귀함을 인식하며 대접하는 마음의 빛을 경험하게 합니다.

[자기 자비 기도] 방법

편안한 자세로 앉거나 누워서, 몸과 마음을 편안하게 놓습니다.

손은 편안히 두고, 등을 비롯한 신체가 닿는 감각에 주의를 둡니다.

내 몸이 평온하고 안정적인 환경에 있다고 상상합니다.

푸른 들판 위 큰 나무 그늘, 바람이 부는 해변, 혹은 따뜻한 테라스를 떠올리며, 그곳에서 편안함과 안정감을 느낍니다.

상상 속의 시원한 바람이 내 몸을 감싸며 마음을 더욱 평화롭게 만듭니다.

잠시 후, 내 주변에 밝고 부드러운 빛의 서클(circle)이 나타나기 시작합니다.

그 빛은 점점 커지며 나를 감싸며 따뜻하고 안정감을 느끼게 합니다.

이 빛은 나를 보호하며 평화와 자비의 에너지를 나에게 전해줍니다.

이 순간, 나는 스스로에게 다정한 기도문을 읊조립니다.

나는 내가 걸어온 길을 깊이 들여다봅니다.

수많은 어려움과 시련 속에서도 나는 묵묵히 견뎌왔고,

그 모든 순간을 지나온 나 자신에게 진심으로 감사를 전합니다.

때로는 상처받고 지쳤지만, 나는 끝내 여기까지 왔습니다.

'그동안 참 애썼다.

많이, 고단했었을 텐데 애썼다.'

이제 나는 더 이상 과거의 아픔에 머물지 않고, 나 자신을 따뜻하게 품어 안겠습니다. 나의 몸과 마음을 돌보며 지금, 이 순간부터 나는 스스로에게 자애를 베풀겠습니다.

나는 나를 사랑할 자격이 있고, 평온과 행복을 누릴 충분한 가치가 있습니다.

나의 삶은 그 자체로 소중하며 앞으로의 나날 속에서 나에게 더 큰 자비와 사랑을 전할 것을 다짐합니다.

나는 안전하고, 나는 소중하며, 나는 이 순간 나 자신을 깊이 사랑합니다.

기도가 끝나면 빛의 서클이 나를 더욱 따뜻하게 감싸며 나의 마음과 몸속으로 그 자비의 에너지가 스며듭니다.

그 에너지가 내 모든 세포로 퍼져 나가고 있음을 느낍니다.

충분히 그 에너지를 느꼈다고 생각되면 빛의 서클은 천천히 사라지기 시작하고 나는 마음의 평화를 되찾습니다.

잠시 눈을 감고 머무르며 기도와 명상의 여운을 느낍니다.

천천히 눈을 뜨고 몸을 가볍게 풀어줍니다.

기지개를 켜며 내가 받은 자비의 에너지가 앞으로의 시간 속에서 나를 지켜줄 것임을 믿습니다.

긴 호흡으로 몸과 마음을 정돈하며 마무리합니다.

❀ 다섯, 하양 유꽃 이야기

자연의 일부인 나 또한 승리자였음을

오늘 산책길에서

가느다랗고 작은 나뭇가지에서 싹이 트고 있는 걸 보았어.

가만히 들여다봤지.

그 여린 게 모진 겨울을 버텨 견고한 껍질을 뚫고

새싹을 틔우려 하는 거야.

와! 신통방통하네.

저 아이가 겨울을 버텼어.

반짝이는 승리자지.

그 작은 게 말이야.

무겁고 추운 겨울이 지난 어느 날
따뜻한 봄볕을 마주하며 산책하던 중 작은 나뭇가지를 발견했습니다.

그 여린 가지에서 새싹이 트고 있었고
그 작은 존재는 추운 겨울을 견뎌내며
마침내 봄의 순간순간을 맞이하고 있었지요.

새싹의 모습을 가만히 들여다보며 경외감을 느꼈습니다.

그동안 나는 계절의 변화를 그저 당연하게만 받아들였던 것 같습니다.
봄이 오면 꽃이 피고, 여름엔 푸른 잎들이 무성해지며,
가을엔 단풍이 들고 열매가 맺히고, 겨울엔 차가운 눈이 내리는 정도로만
여겼지요.

이 작은 존재들이 겨울을 견뎌내고
새 생명을 틔우는 강인함을, 이전에는 미서 깨닫지 못했었네요.

그 모든 순간순간, 이들의 분투와 승리 속에 나도 함께 있었음을.
나 또한 자연의 경이로운 일부분이었음을 이제야 깨닫습니다.

오늘이라는 기적

괜찮아.
잘될 거야.
나 아직 여기 있잖아.

살아 있는 오늘에 감사해.
오늘 하루가 기적이지.
지금 내 다리로 걷고
내 눈으로 하늘을 보고
우리 함께 있으니
이보다 더 고마울 게 뭐가 있어?

오늘은 찬란하고 빛나는, 마치 기적 같은 하루입니다.
거실에 앉아 남편과 차를 마시면서
항암에 관한 이야기를 하고 있습니다.

잘될 거라며 나를 위로하는 남편의 미소에
안심됩니다.

아프기 전에는 느끼지 못했던 이 평범한 순간들이
지금 저에게 얼마나 소중한지요.
여태껏 당연하게 여겼던 수많은 기적들이
이제야 눈에 들어옵니다.

조금 더 일찍 알아차리지 못한 아쉬움도 있지만
지금이라도 깨달았으니 그저 감사할 따름입니다.

내가 살아 숨 쉬고 남편과 함께하는
지금은 축복 같은 하루입니다.
나는 그저 이 축복을 누리기만 하면 됩니다.

절대자에 대한 감사기도

오늘도 두 손을 모으고 기도드렸어.

하나님, 부처님, 알라신이여 '감사합니다'라고
제가 이 순간을 살 수 있게 허락해 주셔서 '감사드립니다'라고.

항상 제 곁에 머물러주시고
제 한 호흡 순간의 귀중함을
알게 해 주시니 이보다 더 큰 은총이 있을까요?

'아베 마리아~'라고 말이야.

긴 아픈 시간을 겪다 보면 종교가 있든 없든 상관없이
어떤 절대자에게 매달리고 싶은 순간이 찾아옵니다.
특히, 홀로 서늘한 수술실에 들어섰던 그 순간부터 지금에 이르기까지
나는 그 외롭고 고독한 긴 시간 속에서도
결코 혼자가 아니라고 믿고 싶었습니다.
누군가가 내 곁에서 나를 지켜주며 함께하고 있다고
스스로에게 되뇌며 버텨왔지요.

그리고 실제로도 그 절대적인 존재
신이 나와 함께 있었다는 것을 느꼈습니다.
그래서 나는 지금도 신께 기도할 수밖에 없습니다.

내가 드릴 수 있는 기도는 단 하나
지금까지의 모든 것에 대한 깊은 감사의 기도입니다.

이 또한 지나가리라

희한해.

입추가 지나니까 좀 달라.

한낮은 여전히 덥지만, 아침저녁으로는 바람이 좀 가벼워진 것 같아.

이젠 몸도 좀 덜 붓겠다. 다행이지.

순리대로 사는 거지.

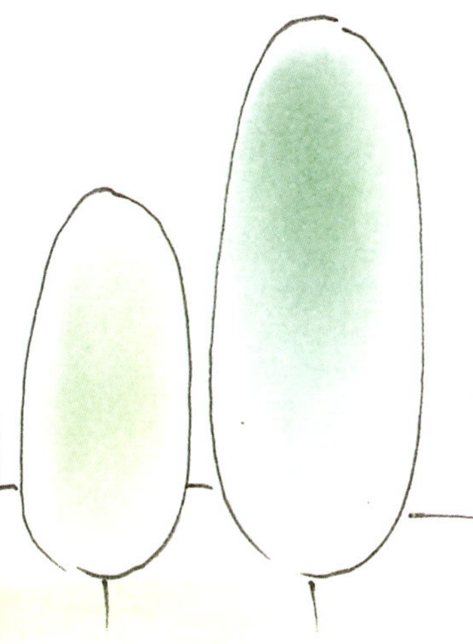

여름의 끝자락,
유난히도 강렬했던 더위 때문인지
조금만 걸어도 온몸이 퉁퉁 부어오릅니다.
마치 고무 인형처럼 부은 몸이 답답하게 느껴지지만
계절이 바뀌면 나아지리라 기대해 봅니다.

'이 또한 지나가리라', 이 말은 늘 큰 위로가 됩니다.
계절이 변하듯 내가 겪는 고통의 순간들도 언젠가는 지나가겠지요.
지금의 아픔도 영원할 수는 없으니까요.
자연의 순리대로 흐름에 몸을 맡기며 살아가다 보면
결국엔 모든 것이 제자리로 돌아오겠지요.

삶의 전환점

엄청나게 놀라운 변화지.
핑계로 미루어두었던 운동도 시작하고
몸에 좋은 것만 먹고 말이야.

오늘은 만 보 걸어야겠다.

재미있는 건 나에게 좋은 것만 하니까
가족들도 더 건강해지는 것 같아.

어찌 보면 잘 된 것도 같아.

설거지를 마치면 운동장으로 향합니다.
예전 같으면 텔레비전 앞에 앉아있었을 시간이지만,
이제는 슬그머니 운동화를 신고 나섭니다.

많은 것들을 바꿔야 했습니다.
즐겨 먹던 인스턴트식품 대신 건강식을 선택하고 운동도 시작했습니다.
막상 해보니 생각보다 그리 힘든 일도 아니었네요.

이 모든 변화가 내 삶의 전환점이 되었습니다.
유방암은 나에게 새로운 삶을 선물해 준, 고마운 전환점이었습니다.

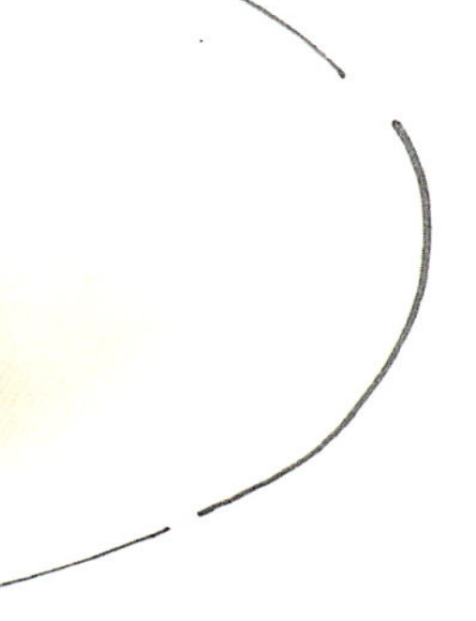

그의 세 가지 소원

자기야.

만약에 나의 소원을 들어주는 요술 램프가 있다면

어떤 소원을 빌 거야?

오래 생각 말고 바로 말해.

지금, 바로~~!!

그건 생각할 필요도 없어.

나의 소원은 3개야.

들어봐.

여보가 건강하게 해 주세요.

여보가 더 건강하게 해 주세요.

여보가 더, 더, 더 건강하게 해 주세요.

어느 날 문득, 무심코 던진 소원을 묻는 나의 질문에
그는 한 치의 망설임도 없이 나의 건강을 빌었습니다.
처음엔 가볍게 피식 웃어넘겼지만, 그 소원이 얼마나 간절한 마음에서
나온 것인지 곧 깨달으며 내 가슴이 먹먹해졌습니다.

그의 모든 소원이 내가 건강하게 살아가는 것임을 알게 되자
그 진심이 고맙고도 벅차올랐습니다.

그날 이후, 그의 소원은 내 마음속에 깊이 새겨졌습니다.
그것은 단순한 소원이 아닌,
내 존재를 지탱해 주는 가장 소중한 버팀목이 되었습니다.

만약 그가 아팠다면
나는 내 목숨줄이라도 그에게 떼어 주고 싶었을 것입니다.

아픈 이후 그를 향한 사랑이 더욱 깊어지는 순간은
말로는 다 담을 수 없는 따뜻하고 고요한 감동의 시간입니다.

삶의 의미를 찾아

자기야

남은 시간을 그냥 환자로만 살 수는 없잖아.

내 인생이니까.

환자가 아닌 의미 있는 일을 하는 예쁜 나로 살아가고 싶어.

자원봉사 같은 거 같이 알아볼까?

어때?

삶의 의미를 찾아

창밖을 바라보며 깊은 생각에 잠겼습니다.

더 이상 환자로만 살아가고 싶지 않았습니다.

남은 시간을 빛나는 사람으로서

내게 주어진 삶을 살아가고 싶다는 강한 열망이

가슴 속에 자리 잡았습니다.

나 자신을 소중히 여기며 가족을 돌보는 것은 물론

타인에게도 작은 도움이라도 될 수 있는 삶을 꿈꾸게 되었습니다.

내가 가진 정보와 경험을 나누고,

누군가 나의 도움이 필요하다면 언제든 달려가겠다고 다짐했습니다.

이제는 환자로의 삶이 아니라,

좋은 사람으로의 삶을 살기로 마음먹었습니다.

있는 그대로의 사랑

여보, 우리 애들 어쩜 저리 이뻐.
보기에도 아깝지 않아?

우리 애들에게 사랑한다는 말 말고는
다른 말이 필요할까?

아프지도 않고 잘 놀고 잘 싸우고
너무 이쁘지 않아?
진작 더 이뻐해 줄 걸.
진작 더 많이 사랑한다고 말해줄 걸.

거실에서 놀던 막내가 울먹이며 큰아이를 야단쳐 달라고 다가왔습니다.
저는 일부러 큰 소리로 막내를 달래고, 따뜻하게 품에 안아주었습니다.
그 순간, 마음 깊은 곳에서 따스함이 번져왔습니다.

아프기 전보다 아이들과 더 가까워진 것 같습니다.

그동안 "공부해라", "게임 그만 해라"라고 잔소리를 쏟아냈던
기억이 떠오르네요.
그게 정말 그렇게 중요한 일이었을까요?

지금 이렇게 건강하고 밝게 잘 지내는 아이들의 모습이
그저 고맙기만 합니다. 더는 바랄 게 없다는 생각이 듭니다.
이 순간만으로도 충분합니다.

늙은 친정엄마가 준 생일상

엄마, 좋은 아침~

고맙네. 나 때문에 고생이 많아.

엄마, 나한테 생일 축하 인사 안 해?

생일 축하해. 오늘 이승에 있는 걸 축하해~ 라고 말이야.

엄마 딸은 오래오래, 이승에 있을 거야.

내년에도 엄마 미역국 먹을 거니까.

알고 있지?

늙은 친정엄마가 준 생일상

아픈 딸의 생일을 맞아 미역국을 끓이느라 분주한
늙은 친정엄마의 손길로 가득한 아침입니다.

마음속으로는 반갑고 고맙지만, "왜 이리 부산을 떠세요?"라는
퉁명스러운 한마디를 내뱉고는 식탁에 앉습니다.

식사 내내 "눈 뜨면 이승이고 눈 감으면 저승이니 별다를 거 없다.
어디서든 잘 먹고 잘 자야 한다."라는 엄마의 잔소리도
오늘만큼은 오히려 먹먹한 울림으로 와닿습니다.

생일 아침은 새로운 이승을 살아갈 힘을 주는 소중한 시간이구나.
새삼 깨닫습니다.
오래오래, 이승에서 엄마가 차려주는 생일상을 받고 싶습니다.

새로운 울타리

역시 우리끼리 이렇게 모이니까 제일 마음이 편해.

당연하지.
우린 한마디만 해도 다 알아듣잖아.

그래서 나 유방암 환자를 위한 자원봉사하려고 해.
그 언니는 어르신 위한 합창단에서 자원봉사 한다고 해서 말이야.

의미 있는 일을 하고 싶어.

새로운 울타리

환우들과 한자리에 모여 앉아 있으면 마음이 편안합니다.

우리는 서로의 마음을 누구보다 깊게 이해하고

아플 때는 전문가 못지않은 소중한 정보와 경험을 나누며

서로에게 힘이 되어줍니다.

우리는 한마디만 건네도 깊은 마음이 전해지는

말하지 않아도 알아채는 특별한 유대가 있기에 더 그렇습니다.

때로는 가족이나 다른 친구들보다도 환우들이 더 편안하게 느껴지고

진심으로 나를 이해해 준다는 생각이 듭니다.

이처럼 많은 위로와 힘을 얻고 있는 만큼

나도 다른 이들에게 기꺼이 따뜻한 도움을 전하고 싶습니다.

그들의 정성과 애씀으로

괜찮아요.
잘하고 있어요.

감사합니다. 선생님.
선생님 뵈면 힐링 되는 것 같아요.

네, 6개월 후에 만납시다.
건강히 잘 지내요.

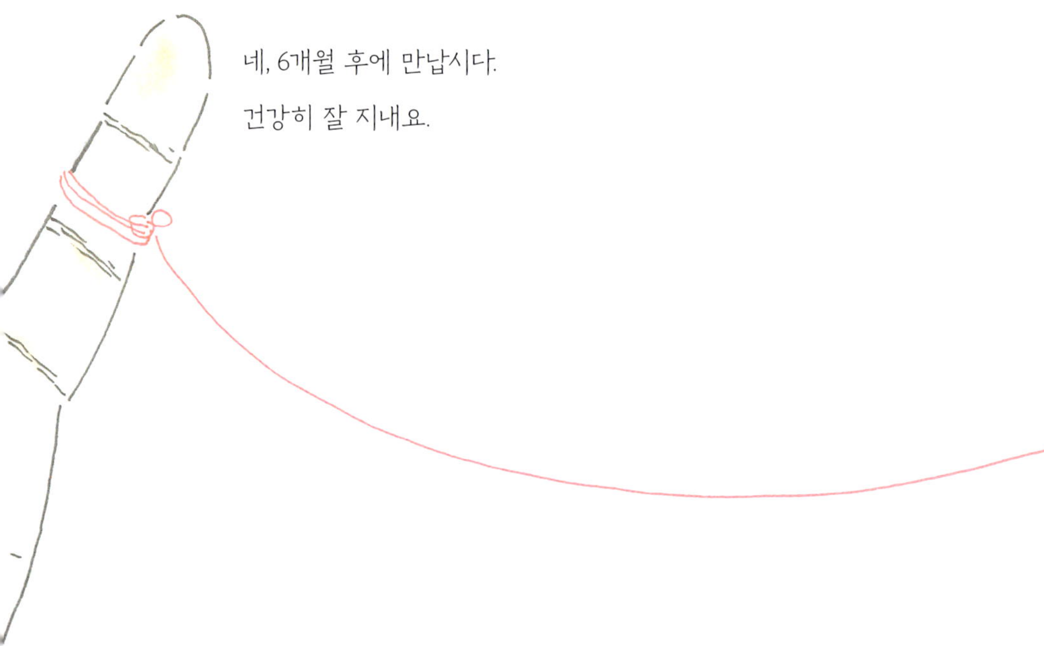

그들의 정성과 애씀으로

병원 문을 여는 순간부터
의사 선생님을 만날 생각에 기분이 좋아집니다.

조근조근 상냥한 말씨나
다정하고 애틋하게 바라보는 시선 속에서
환자들을 깊이 이해하고 보살펴 주시는 따뜻한 마음이 전해져 옵니다.

아프고 난 후, 많은 사람의 정성과 마음 덕분에
내가 다시 살아가고 있음을 깨닫게 되었습니다.

우리가 알든 모르든, 보이지 않는 인연의 끈으로 서로가 연결되어
그 마음을 주고받고 있는 것이지요.

그들의 정성 덕분에 나는 내 두 다리로 걷고
내 두 눈으로 세상을 보고 내 두 팔로 사랑하는 가족을 안을 수 있습니다.

축복 같은 오늘입니다.

각자의 방식으로 그렇게 살아가는 거지

나 이제 해탈했나 봐.

저 사람들도 좋게 보여.

그냥 그럴 수 있겠다는 생각이 들어.

자기가 맞다고 우기기도 하고

지지 않으려 소리를 지르기도 하는 사람이

나쁘다는 생각이 안 들어.

예전 같으면 틀렸다고 못됐다고 했을 텐데 말이야.

사람들은 그저 오늘을 살아내는 중인 것 같아.

오랜만에 운전대를 잡고 기분 좋게 주차장을 나서려던 순간,
입구를 가로막은 차 두 대와 함께 사람들이 옥신각신하는 모습이
눈에 들어왔습니다.

'차는 좀 빼고 싸우지?' 하는 불만이 슬며시 올라오는 것을 알아차리고
나도 모르게 피식 웃음이 나왔습니다.

곰곰이 생각해 보니 나도 지금껏 내가 옳다고
나만 맞다고 고집하며 살아왔던 적이 한두 번이 아니었지요.
하지만 이제 와서 돌이켜보면
굳이 그럴 필요가 있었나 싶은 마음이 듭니다.

사람들은 그저 각자의 방식으로 오늘을 살아내고 있을 뿐이겠지요.

이런 생각을 하게 된 걸 보면
나도 조금은 더 어른이 되어가는 것 같습니다.

벚꽃처럼 그렇게

그저 내 명이 다한 것뿐이야.

여기까지인 거지.

유방암 때문이든 아니든 상관없어.

운명은 하늘의 뜻이야.

나는 이쁘게 있다가 '네~' 하고 따르면 돼.

만개했던 벚꽃이 봄비에 떨어져 온 세상이 벚꽃으로 물든
어느 봄날 아침
나는 유방암으로부터 자유로워졌습니다.

벚꽃으로 덮인 하얀 카펫과 같은 길을 걸으며
새로운 시작을 맞이할 수 있었지요.

사실, 두려워할 이유는 없었습니다.
이 세상의 모든 것은 언젠가 끝을 맞이하기 마련이니까요.
나는 그저 그 불가피한 끝을
미리 마주할 기회를 가졌을 뿐이었지요.

벚꽃이 피고 지는 것처럼
사는 시간 동안 즐겁게 잘 살다가 마침내 떠날 때가 오면
벚꽃처럼 가볍게
세상을 아름답게 수놓고 가면 되는 거니까요.

화이트 유형은 외상 후 성장(Post-Traumatic Growth, PTG)을 이미 경험하거나 경험하고 있는 환우들입니다. 이들은 유방암이라는 고통스러운 경험을 발판으로 삼아 극적인 성장을 이루어가는 모습을 보입니다.

이들은 단순히 병을 이겨내는 것을 넘어, 자기의 삶에서 더 깊은 의미와 가치를 발견하고 이를 중심으로 새로운 삶의 방향을 설정하려고 합니다.

외상 후 성장의 과정에서 과거의 삶과는 다른 새로운 목적을 추구하는 이들에게 중요한 것은 긍정적 변화의 지속입니다. 이러한 긍정적 변화가 일시적인 것이 아니라 지속적으로 이어질 수 있도록 돕는 접근법이 필요하며, 삶의 가치와 의미를 강화할 수 있는 활동과 목표 설정이 그들의 성장 과정에 큰 도움이 될 수 있습니다. 이를 통해 이들은 이전보다 더욱 의미 있고 충만한 삶을 살아갈 수 있을 것입니다.

이에 대한 하양 유꽃 톡톡 3가지를 추천합니다.

첫 번째:

감사 일기

두 번째:

나 칭찬하기

세 번째:

의미 삼각형 그리기

감사 일기를 쓰는 것은 긍정적인 마음가짐을 기르고 일상에서 행복을 느끼는 데 큰 도움이 될 수 있습니다.

내가 당연하다는 듯 너무 쉽게 받아들이던 모든 것에 대해 다시 한번 살펴봅니다.

다른 사람과 주변 환경에 감사하는 마음을 통해 매일의 삶이 선물처럼 느껴지며 자신이 변화하는 것을 경험하게 될 것입니다.

[감사 일기] 방법

1. 매일 꾸준히 적어보세요.

가벼운 마음으로 하루에 3가지 정도의 감사한 일을 매일 적어보세요.

시간을 정해 두어도 좋고 아니어도 상관없습니다.

특별한 감사 일기 노트를 준비하셔도 되고 휴대전화 등에 저장하셔도 됩니다.

가능하다면 매일매일 적어보는 습관이 생기게 하는 것도 좋습니다.

지속적으로 감사하는 마음을 되새기는 것이 중요합니다.

2. 구체적으로 기록하세요.

구체적인 상황을 적어봅니다. 단순히 '감사하다'라고 쓰기보다는 '친구와 햇살을 받으며 산책하는 즐거운 시간을 갖게 되어 감사하다'라고 써 봅니다.

3. 작은 일에도 감사함을 표현하세요.

작은 일에도 감사함과 긍정적인 감정을 표현하는 것이 좋습니다.
예를 들어 따뜻한 차 한잔, 시원한 바람, 좋은 음악과 같은
소소한 행복에서 느꼈던 충만한 마음을 표현하면 좋습니다.

나를 칭찬하는 습관은 자기 성장과 긍정적인 변화를 지속시키는 데 큰 도움이 됩니다. 자신을 칭찬할 수록 자존감이 높아지고, 긍정적인 자기 인식을 통해 스스로에 대한 신뢰도 함께 높아집니다.

자기에 대한 신뢰는 마음에 안정감을 주어 새로운 노력을 할 수 있는 동기를 부여하고, 새로운 도전이나 어려운 상황에서도 자신감을 가지고 대처할 수 있게 도와 줍니다. 그리고 이러한 긍정적인 태도는 문제 해결을 더 원활하게 하고, 나아가 자신과 타인 간의 건강한 소통과 상호작용을 가능하게 만듭니다.

나를 칭찬하는 습관을 통해 삶의 질적 변화와 만족감을 경험해 봅니다.

[나 칭찬하기] 방법

1. 사소하지만 구체적인 내용으로 적어봅니다.

특별하고 거창한 것이 아닌, 소소한 일상에서 칭찬할 것을 찾아 구체적으로 적어봅니다. 단, 칭찬의 글은 감탄사의 말로 넣어주시면 더 좋습니다.

예) 오늘 세끼 모두 건강한 잡곡밥을 먹었어. 너의 의지가 훌륭해.

오늘 만보를 걸었어. 쉽지 않은 일을 해냈네~ 대단한걸.

2. 칭찬 도토리를 만들어 봅니다.

내가 평소 듣고 싶었던 말(칭찬 도토리)을 포스트잇 등에 적어 냉장고 등과 같이 눈에 잘 띄는 곳이나 휴대전화 뒷면, 지갑 등에 넣어두고 틈이 나거나 또는 우연히라도 보면서 자기를 칭찬해 봅니다.

이때 소리 내어 나의 칭찬 도토리 말들을 읽어 보면서 내 귀에 잘 들리게 해 주세요. 내가 나를 칭찬하고 이뻐하는 말도 좋습니다.

　　예) 어쩌면 이렇게 이뻐. 미소가 더 이뻐졌어.

　　　친절한 목소리에서 너의 밝음이 느껴져.

3. 칭찬 트리를 만들어 봅니다.

크리스마스에 사용하던 장식 나무나 아니면 작은 화분도 좋습니다.

이도 없다면 전지를 한 장 사서 방문에 붙여봅니다.

전지 위에는 나뭇가지 모양을 그려봅니다.

그 나무 그림 나뭇가지 위에 나 칭찬 포스트잇을 열매처럼 붙여봅니다.

과거 성공 경험을 떠올려 포스트잇에 써서 붙여도 좋습니다.

칭찬 나무의 열매가 점점 풍성해질수록 성취감도 높아져 갑니다.

'의미 삼각형 그리기'는 삶 속에서 의미를 찾기 위한 중요한 영역을 탐구하여 의미 있고 가치 있는 삶을 구체화·시각화하여 방향성을 제시하는 방법입니다.

의미 삼각형은 세 개의 가치 범주를 둡니다.
좀 더 설명하자면 창조적 가치, 경험적 가치, 태도적 가치로 두어 내가 어느 영역에 의미를 더 두고 있는지 알 수 있습니다.
또한 이 영역들이 어떻게 연결되어 있는지 알아보면서 지난 삶보다 나은 삶의 가치를 추구할 수 있습니다.

[의미 삼각형 그리기] 방법

종이와 펜을 준비하여 종이 위에 삼각형을 그려봅니다.
삼각형 꼭짓점에 동그라미를 하나씩 그려 줍니다.
동그라미 3개가 생겼습니다.

하나의 동그라미 안에는 나 자신이 성장할 수 있는 목표, 또는 의미 있게 생각하는 활동 등을 써봅니다.
예를 들어 피아노 배우기, 봉사활동, 꽃꽂이하기 등이 있습니다.
쓰고 난 후 이러한 목표가 나와 세상에 어떤 선한 영향을 미치는지 생각해 봅니다.

다른 하나의 동그라미 안에는 이미 내가 경험했던 일이나 감정에서 의미가 있다고 생각하는 것들을 써보세요. 예를 들어 가족과 나들이, 바다 여행, 불멍 등이 있습니다.
쓰고 난 후 그 경험에서 내가 얻은 것은 무엇인지 생각해 봅니다.

마지막 하나의 동그라미에는 어려운 상황에서 내가 어떻게 행동하였고 그 의미가 무엇이었는지를 써보는 것입니다.
예를 들어, '힘들었으나 극복 과정을 통해 나 자신을 믿게 되었다.' 또는 '실패 경험을 통해 겸손함과 반성적 시간을 가질 수 있었다.' 등이 있습니다.
쓰고 난 후 그 경험에서 내가 어떤 성장을 하였는지 생각해 봅니다.

이 작업이 끝나면 생각 끝에 떠올린 단어나 문장들을 연결하여 의미를 통합하고, 그 속에서 발견되는 또 다른 나의 의미를 문장으로 써 봅니다.

예를 들어 봉사활동, 바다 여행, 나에 대한 신뢰를 동그리미 안에서 찾아내었다면 이것을 연결하여 봅니다. 이후 연결된 단어를 통해 내가 추구하는 가치가 무엇인지 생각해 봅니다. 이후 자기 삶의 가치 방향에 맞는 행동이 무엇인지, 무엇부터 지금 시작할 수 있는지 확인 후 하나씩 실행해 봅니다.

유꽃 이야기

초판 인쇄 2026년 4월 6일
초판 발행 2026년 4월 17일

지은이 심민정
그림 이수진
발행인 조현수
펴낸곳 도서출판 프로방스
기획 조영재
마케팅 최문섭
편집 문영윤

주소 경기도 파주시 광인사길 68, 201-4호(문발동)
전화 031-942-5366
팩스 031-942-5368
이메일 provence70@naver.com
등록번호 제2016-000126호
등록 2016년 06월 23일

정가 20,000원
ISBN 979-11-6480-412-2 (03810)

파본은 구입처나 본사에서 교환해드립니다.